Ser Bambu

Cesare Battisti

Ser Bambu

tradução
Dorothée de Bruchard

martins
Martins Fontes

© 2009 Cesare Battisti.
© 2010 Martins Editora Livraria Ltda., São Paulo, para a presente edição.

Publisher *Evandro Mendonça Martins Fontes*
Produção editorial *Luciane Helena Gomide*
Produção gráfica *Sidnei Simonelli*
Projeto gráfico e capa *Manu Santos Design / MSDE*
Preparação *Denise Roberti Camargo*
Revisão *Dinarte Zorzanelli da Silva*
Mariana Zanini

1ª edição *2010*
Impressão *Corprint*

Dados Internacionais de Catalogação na Publicação (CIP)
(Câmara Brasileira do Livro, SP, Brasil)

Battisti, Cesare
 Ser bambu / Cesare Battisti ; tradução Dorothée de Bruchard. –
São Paulo : Martins Martins Fontes, 2009.

 Título original: Etre Bamboo
 ISBN 978-85-61635-45-9

 1. Battisti, Cesare, 1954- 2. Italianos – França – Biografia
3. Memórias autobiográficas 4. Refugiados – França – Biografia
5. Terrorismo – Itália – Estudo de casos I. Título.

09-12049   CDD-352.2109450944

Índices para catálogo sistemático:
1. Refugiados italianos na França : Memórias
 autobiográficas   352.2109450944

Todos os direitos desta edição no Brasil reservados à
Martins Editora Livraria Ltda.
R. Prof. Laerte Ramos de Carvalho, 163
01325-030 São Paulo SP Brasil
Tel.: (11) 3116.0000 Fax: (11) 3115.1072
info@martinseditora.com.br
www.martinseditora.com.br

NOTA DA TRADUÇÃO

Todo ato de traduzir constitui, como é sabido, uma aventura singular, um inevitável embrenhar-se nos desafios, nas armadilhas, de um texto único que se revela a si mesmo e a todos os seus não ditos. Traduzir *Ser Bambu*, porém, foi muito mais... Cesare Battisti encontrava-se foragido enquanto escrevia este livro. "Escrever para não me perder na névoa dos dias intermináveis [...] É o único meio que tenho para aguentar o tranco", confessava ele em *Minha fuga sem fim*, volume anterior a este. Quando foi preso no Rio de Janeiro, em março de 2007, e seu computador, apreendido, restava-lhe escrever o último capítulo de *Ser Bambu*. Só em meados de 2009, ainda encarcerado e depois de dois anos e meio de inimagináveis tensões e pressões de toda espécie, foi-lhe permitido ter novamente acesso ao texto, escrever o capítulo faltante e revisar o conjunto – tudo isso em meio à expectativa do julgamento, no Supremo Tribunal Federal, que iria decidir seu destino.

A trajetória de Cesare Battisti, para além de sua história narrada, mostra-se de forma pungente na língua – a língua que é o instrumento e a matéria do escritor e do tradutor, mas é, sobretudo, para cada um de nós, dizia Fernando Pessoa, a pátria. A partir de *Minha fuga sem fim*, Cesare percebeu-se escrevendo não em seu italiano materno, mas em francês, língua da terra que o acolheu por tantos anos, onde ele se arriscou a criar raízes, até que estas lhe fossem mais uma vez arrancadas. *Ser Bambu* foi escrito em francês – no Brasil – enquanto o autor se empenhava em aprender o idioma do país que ele agora esperava que se tornasse o seu, e sob a incontornável influência do castelhano aprendido no México num momento anterior de sua fuga.

É esse, sem dúvida, um dos aspectos cruciais do livro que o leitor tem em mãos e de toda a obra construída em estilo forte, tocante, por Cesare Battisti (dezessete livros publicados e aclamados na França): na linguagem, na escrita de *Ser Bambu*, convergem tanto as dores de um interminável e injusto banimento como o esforço imenso, corajoso, de um exilado em busca do pertencimento, tendo por arma essas palavras de tantas línguas que se somam uma à outra numa contundente representação do exílio.

Faltaram a Cesare Battisti, para a elaboração deste texto, as ferramentas necessárias a todo escritor — um corretor ortográfico, dicionários... — e, mais que tudo, os amigos, os primeiros leitores críticos com quem partilhar o nascimento da obra. Esse diálogo a que ele não teve direito acompanhou, porém, todo o processo de tradução deste livro. A revisão do manuscrito, a discussão sobre dúvidas eventuais contaram com a participação de vários de seus amigos franceses e brasileiros, dos preparadores do texto e de seu editor, Evandro Mendonça Martins Fontes, que o visitou na Penitenciária da Papuda. Cesare teve inclusive a oportunidade de opinar sobre alguns "impossíveis" jogos de palavras.

Traduzir *Ser Bambu* foi, sem dúvida, para todos nós envolvidos, uma aventura especialmente singular. Além disso, um privilégio e uma honra.

Dorothée de Bruchard

1

Nessa interminável virada de minha vida, quando só me resta contemplar, dia após dia, o sol se pondo em meu caminho de errante, e inventar aventuras de modo a viver mesmo que só uma incisa de vida normal, conheci certo dia uma pessoa absolutamente singular. Era uma mulher e se chamava Áurea, embora eu duvide que fosse esse seu verdadeiro nome. Não tem importância, ela também nunca se interessou pelo meu nome, isso não combinaria com nosso modo de ser. Um nome, no fundo, não passa de um som em meio a tantos outros, que vai adquirindo volume com a idade. Como um hábito, também pode se perder no tempo quando já não nos serve mais. Quanto ao meu nome, quero dizer, aquelas duas palavras registradas na minha certidão de nascimento, depois desse bombardeio ininterrupto de línguas, já nem sequer saberia pronunciá-lo de forma correta.

Desde que saí da França para esta nova correria-perseguição, tive de pousar em alguns locais improváveis, onde acabei encontrando todo tipo de gente. Apoiado num balcão de bar ou dentro de um elevador de hotel, respirei o suor frio de assassinos, vítimas, espiões, mitômanos e sabe-se lá que outros espécimes cuja natureza me escapava. Eram todos bem treinados para não soltar uma só palavra sobre seus segredos, mas, em seus semblantes sombrios, seus olhos esquivos revelavam uma vida construída na sombra. Às vezes, intrigado por aquelas estranhas figuras, eu imaginava sórdidas histórias. Tal curiosidade era, porém, efêmera. Tão logo retomava a estrada, daquelas personagens não me restava mais que uma vaga sensação de tristeza. Nem diria, aliás, que se tratava de encontros, eram apenas cruzamentos à toa. Áurea também emanava um enigma, mas ela atuava em outro registro. Em vez de se dissolver na sombra como faziam os outros, era uma lâmina de luz cortante naquelas regiões escuras, uma presa curiosa para os cães de caça. Mesmo nesse lugar do mundo em que a discrição levada ao extremo caracteriza a sabedoria inata de um povo, em meio a essa gente que nos saltita silenciosamente em volta feito esses passarinhos urbanos já insensíveis à ameaça humana, mesmo aqui era impossível não reparar no vulto baço de Áurea. Tenho certeza, embora ninguém se atrevesse a levantar os olhos para ela, de que todos os que cruzaram seu caminho guardam uma lembrança indelével daquela mulher dura e desdenhosa que não concedia uma palavra a ninguém. "Se eu não falo, é por má vontade", ela me disse um dia num crepitar de palavras, como espantando uma mosca. "Tenho certeza de que você não entende. Nem você nem ninguém. E não me diga que ninguém dá bola para a minha indiferença. Pelo contrário, isso irrita muito mais do que se eu o cobrisse de insultos como deveria."

Foi essa a sua reação à minha primeira tentativa de aproximação. Enquanto me afastava, feito cachorro escorraçado, insultava a mim mesmo. Que demônio tomara conta de mim para, sem motivo algum, eu resolver me interessar por aquela criatura feia e ruim? Tanta abjeção de sua parte só podia ser pose, dizia então a mim mesmo, uma baixeza bem ensaiada a serviço de uma extravagância furiosa. De modo que me preparei para uma nova aproximação.

Áurea era uma figura curiosa. Para conquistar sua confiança, eu iria passar por todo tipo de humilhação e, o que é pior, pela primeira vez desde o início de minha fuga eu iria descuidar da minha liberdade e negligenciar o bê-á-bá que garante a segurança de um foragido. Quem era Áurea, no fundo? Eu nada sabia sobre aquela mulher. Tanto podia ser uma louca perigosa como uma policial talentosa em meu encalço. Eu não descartava esse risco. Contudo, não conseguia evitar de ficar obcecado com ela. Era mais forte do que eu. Era o instinto sobrepujando a razão, como uma necessidade natural. A natureza não pergunta a minha opinião. Tanto faz eu concordar, ou não, com suas leis, sou obrigado a pegar o que ela oferece. Assim, eu me submetia ao impulso que me empurrava para aquela mulher, e danem-se as consequências. Não sou doido o suficiente para bater com a cabeça nas paredes da natureza. Hoje, quando essas preocupações todas já não passam de uma recordação engraçada, não me arrependo da imprudência que me permitiu viver os únicos momentos intensos desses mornos caminhos de errância.

    Neste ponto, eu deveria dar início ao relato de Áurea e deixar de lado as digressões. Não consigo, porém, empreender sua história sem antes retornar às circunstâncias que me conduziram a ela. Talvez seja por simples medo de entrar no cerne do assunto, mas me sinto obrigado a dar explicações sobre a minha fuga. Compreenda, não me encontro naquela situação ideal para conseguir, como cabe a um escritor, separar o importante do supérfluo. O fato é que, desde que a perdi de vista, só sei me aproximar de Áurea pé ante pé a fim de reviver a emoção de cada instante, seus não ditos, seus surtos súbitos de desconfiança, e também de pânico. Áurea, o rosto esculpido pelo tempo na pedra fria da indolência. Súbito, eis que ela escolhe para si um profanador a quem vai entregar o jogo, um provável canalha a quem vai mostrar suas lágrimas. Eu. Instantes apenas, durante os quais interrompia bruscamente sua história para perscrutar-me com os olhos, antes de prosseguir. Não sei o que ela enxergava em meu silêncio, mas naqueles momentos eu me sentia nu e isso parecia tranquilizá-la.

Ainda recordo dos seus olhares duros, ferinos, por vezes iluminados pela surpresa, sonhadores também, como os de uma criança que, sem dizer palavra, atravessa barreiras. Assim é que me lembro de Áurea, e estou convencido de que se não tive coragem de falar de mim como ela fez comigo é porque, de minha parte, me sentia incapaz de ler dentro dos seus olhos. Em compensação, eu era para ela um livro aberto num piscar de olhos. Desde o momento em que nos cruzamos, ela gravou na pupila a falta de jeito que me persegue desde a infância. Essa mesma natureza rígida que me levou, com cinquenta anos nas pernas, a virar um homem foragido sem entender direito nem por que nem como isso aconteceu. Se depois da morte existe a reencarnação, eu queria renascer como bambu, aproveitar a prodigiosa flexibilidade que lhe permite curvar-se a todas as correntes e sempre se reerguer para continuar contemplando os escombros do alto de sua folhagem. Por isso é que preciso fazer uma incursão pelo meu passado distante. Já não tendo mais nada a perder, cansado de toda ideia preconcebida e de todos os preconceitos, talvez possa reatar aqui o fio dos acontecimentos que fizeram de mim o que sou, em vez de me tornar o médico que iria coroar o sonho da minha família. Eu talvez tivesse de retomar algumas anedotas do meu passado mas, por enquanto, vou me ater a alguma recordação dispersa, pois sem isso não posso dar início à história de Áurea nem voltar ao meu estado de ânimo daquela época.

2

Muito antes de me tornar o que sou, eu era o filho de uma família bastante modesta, estabelecida numa anônima província da Itália, meu país de origem. Era no interior; meu pai e meus irmãos mais velhos cultivavam um cantinho de terra para que minha mãe pudesse, todo dia às seis da manhã, exibir seus legumes no chão de uma pracinha do lugarejo próximo. Antes de eu completar dez anos de idade a vida dura que levávamos já me ensinara o valor do trabalho, do "dinheiro suado", e eu me contorcia de remorso toda vez que dava uma limpa nos bolsos de meu pai. Mesmo agora, lembrando disso, ainda fico vermelho. Acho que de todos os erros de que me tornei culpado, o mais vergonhoso ainda é, sem dúvida, ter privado minha família de algumas dezenas de liras naquela época de escassez. Eu era o caçula de seis filhos. Nesse último menino não esperado se concentravam as esperanças de finalmente haver na família pelo menos um filho que, custasse o que custasse, concluísse os estudos e um dia chegasse a ser alguém. Isso, evidentemente, não me eximia de ajudar na labuta da roça antes e depois da escola e, mesmo que o tempo que eu gastava fazendo a lição fosse muitas vezes visto como uma desculpa para ficar à toa, era um precioso privilégio a não ser esquecido. Assim, concluí o ensino básico e ingressei no secundário com boas notas, apesar de ter matado muitos dias de aula. Era para mim a grande oportunidade de começar uma vida nova.

Mas será que iria mesmo mudar alguma coisa? Será que eu não iria simplesmente continuar suportando as discriminações de sempre, a crueldade das meninas que riam de mim porque eu sempre vinha com a mesma roupa. Limpa, evidentemente, minha mãe a lavava à noite e estendia sobre a salamandra para que no dia seguinte, sem mancha nenhuma e com vinco impecável, eu pudesse enfiá-la novamente. Ah, aquela calça preta e a camisa branca! Eu as detestava o mesmo tanto que hoje gosto delas.

Seja como for, poderia ter alcançado os louros tão sonhados, se à pobreza não viesse somar-se o imperdoável pecado político da família.

Antes mesmo de chegar à idade escolar, aconteciam-me coisas feias que me faziam sentir um menino diferente dos outros. Eu não entendia por que, por exemplo, meu novo companheiro de jogos ou deveres passava de um dia para o outro a rejeitar minha companhia. Também na escola eu era, sem motivo aparente, relegado ao fundo da sala. Até o padre, quando eu me misturava com as outras crianças nas atividades recreativas, estava sempre de olho em mim. Eu ainda não sabia que os comunistas eram excomungados pela Igreja. Às vezes, chegava a chorar no colo da minha mãe. Ela me consolava como podia, disfarçando as próprias lágrimas. Mas suas explicações, sempre tão vagas ou demasiado complexas, não atenuavam meu sofrimento e eu fui me isolando mais e mais, até encontrar por fim uma companhia na leitura.

Eu ainda não tinha treze anos quando a senhora professora de italiano me trazia seus livros de casa porque eu já havia lido tudo o que a minúscula "biblioteca" da minha escola rural oferecia. Ainda assim, com raras exceções, minha carteira sempre encostava na parede do fundo e, rejeitado pelos outros, eu jamais chegaria a aprender a chutar uma bola de futebol.

Nessa época, porém, a causa dos meus dissabores já não era um mistério para mim. Já sabia o suficiente para entender que, num país dominado pelo obscurantismo do clero, devastado pela máfia e pela nostalgia fascista, "vermelhos" declarados que frequentavam as manifestações do PCI em vez de irem à igreja só poderiam parir um filho com bigode stalinista. Uma vergonha. No entanto, jamais critiquei meus pais por isso, a não ser pelo fato de que eles podiam ter me esclarecido sobre suas opções políticas em vez de me deixar em ser humilhado na ignorância. Se tivessem me dito a tempo: "Não se preocupe, filho, esse pessoal vai acabar entendendo que estamos do lado certo, e um dia ainda vai nos agradecer". Ah, que orgulhoso eu teria ficado, sem me sentir excluído, e não teria demorado a desafiar meus professores desenhando na lousa a bandeira vermelha com a foice e o martelo. Ser diferente teria, então, sido tão bom! Embora eu não tenha assim tanta certeza.

Seja como for, não seria por muito tempo. Ingressei no liceu, portanto, em 1968. Era o começo de outra era. O pirralho que eu era descobria a cidade e sua multidão agitada pelas manifestações de rua. Nada a ver com a hostilidade mesquinha do meu povoado. Aqui as pessoas lutavam abertamente contra os "inimigos de classe". Não se cansavam de resmungar impropérios contra o poder entre dois tragos de vinho branco. Lutavam de verdade, na rua, nas fábricas e nas escolas, por toda parte. A cada vez havia feridos e um monte de detenções, mas isso só aumentava nossa excitação. Sem dúvida, eu tinha encontrado o meu mundo, aquelas pessoas eram da minha espécie. Só os camaradas é que podiam clamar o nosso "basta" em alto e bom som. Eu estava eufórico, queria dizer para todo o mundo: "Eu também sou comunista!".

"Comunista de onde, do PCI", eles retrucavam, caindo na gargalhada. Meu povoado ainda estava em mim, eu já não entendia mais nada e, contudo, as reivindicações deles eram também as minhas. Talvez se enganassem quanto ao inimigo? Dessa vez, nem pensar em ficar parado, teria defendido com unhas e dentes a honra do partido.

69, 70, 71... varridos pelo vento da revolta, os anos passavam levando consigo minha fé feroz naquele "partido do povo" já cegado pela promessa do poder. Isso parecia evidente para aquelas centenas de milhares de jovens que ocupavam as ruas e com os quais acabei me identificando. O velho PCI, que já não representava sequer as ideias de meu pai, transformara minha tão recente e orgulhosa "diferença" numa nova humilhação. O velho partido agora falava em *business* e praticava a depuração, deixando a mais nova geração à mercê da repressão e a uma corrida desesperada pelas armas. Nisso se tinha convertido o partido do povo.

Não quero, caros leitores, abusar de sua paciência, estabelecendo aqui a cronologia dos fatos que mergulharam a Itália nos "anos de chumbo". Não sou o único a já ter fartamente escrito a esse respeito. O que mais machuca são as inúmeras interpretações capengas de todos esses que hoje nos chamam de "terroristas". Uma palavra que na minha época ainda não era de atualidade.

É um erro grave, não raro perigoso, esperar que os outros acatem nossas conclusões e experiências subjetivas como fatos objetivos. Eu estava, então, convencido de que injustiça mais povo revoltado era igual a revolução (sic)! Como $1 + 1 = 2$. Fazer o quê, sou um filho do século passado. Não se brinca impunemente com o século XX.

3

Na época do meu encontro com Áurea, eu havia esquecido o tempo em que contava os dias e as semanas que me separavam dos meus entes queridos, como um prisioneiro que entrega sua esperança à clemência de uma corte ou ao imperecível sonho de clemência. Naquele momento, eu era uma carta sem remetente arrastando seu destino de um lugar para outro num envelope esgotado. Prisioneiro ao contrário, com o corpo livre e o espírito encarcerado, eu me distanciava cada vez mais das muralhas e, tendo perdido o objetivo de vista, cruzava as fronteiras só por pura força da inércia. O recluso tem, pelo menos, um endereço no qual cultivar seu sonho de liberdade. É isso ou morrer, e ele se agarra com tudo porque imagina que afinal, se Deus existe, não há muralhas que aguentem e, qualquer que seja o castigo imposto, acredita firmemente que não vão deixá-lo se acabar assim, enterrado vivo, sem lhe permitir um derradeiro olhar ao céu estrelado que o Criador nunca proibiu a ninguém. A prisão é isso. Partilhei alguns anos de reclusão e esperança com caras assim, alguns dos quais ainda estão nessa de contar os dias. Neste exato momento, posso vê-los, com um suspiro de satisfação, acrescentar na muralha mais um risco a cada dia transcorrido, e sei também que vão fazer isso até o fim. É nessas grades e muralhas que se conserva o mais singelo e puro sonho de liberdade. São elas que tornam uma simples saída na rua, a rotina das compras, uma tediosa viagem de trem e tudo o que há de mais corriqueiro no dia a dia dos mortais comuns o tesouro mais precioso do ser humano. Se o sentido da vida, como dizem os evangelhos, se resume à simples alegria de viver e acreditar, então a prisão é o que mais nos aproxima desse reino dos Céus a que eu, tendo preferido o verde da fuga ao cinzento da perpétua, proibi a mim mesmo o acesso. Eu teria de me dar por sortudo, é claro, se comparado a um recluso capaz de arriscar a vida sobre as muralhas para, quando mais não fosse, alcançar a minha fuga. Eu compreendo, mas o recluso sempre exagera a noção de liberdade, ele só quer sair dali e no resto, na vida dura de cão errante, ele não quer pensar, sua maior preocupação não é essa. Também alimentei esses mesmos sentimentos, mas, hoje, já não sei quanto tempo depois do meu último recurso judiciário, conheço o suficiente os dois lados da moeda para não seguir alimentando ilusões desse tipo. Só me resta agora me deixar levar pela fuga e, vez ou outra, beijar a foto envelhecida de minhas filhas.

Mas não é para listar meus dissabores que hoje, depois de um longo período de abstinência, volto finalmente a mergulhar no ventre cálido da escrita. Faço isso por Áurea. Para tentar decifrar essa mulher que continua percorrendo o mundo vestida de sombra, carregando uma dor bem mais pesada, afinal, do que a minha. Foi pelo menos o que me pareceu quando ela, depois de uma primeira abordagem hostil, resolveu certo dia descortinar o coração.

Não foi obra do acaso se nos encontramos. Os caminhos dos fugitivos solitários, desprovidos de qualquer razão superior, são todos balizados por códigos e sinais. Podemos até mudar de sentido ou queimar uma etapa, mas a estrada é sempre a mesma. Uma estrada que cada um pensa ter sido o único a encontrar. A mais segura. Depois, com o tempo e a tarimba, sentados na cafeteria de um hotel ou de uma rodoviária, detectamos a mesma desconfiança no olhar dissimulado do outro. Não frequentamos os outros foragidos, isso equivaleria a aumentar o número de pistas, a multiplicar as chances de nossos perseguidores. Nós nos reconhecemos e fugimos uns dos outros. Foi num desses trajetos alienantes que acabei topando com Áurea. Topando é a palavra certa porque, em vez de me eclipsar como deveria ao ver que o território já estava ocupado por uma "colega", dessa vez, com ela, não sei por quê, meu instinto de fuga cedeu a uma espécie de delírio repleto de sentimentos contraditórios, decerto provocados pela atração por uma criatura que não se parecia com nada conhecido.

Verdade é que naquele momento eu penava para superar um período de crise, em que a febre do escritor levava a melhor sobre a minha firme convicção de que eu já não tinha mais nada a dizer. Resistindo ao apelo de vários anos de prazer masoquista diante da folha em branco, eu me forçara a ficar calado e, feito o fumante arrependido que para se purificar do vício faz de um maço de cigarro seu cilício, eu teimava em carregar comigo meu computador. Eu substituíra os fantasmas de toga preta por um adversário concreto, um objeto apenas, tão insensível quanto meus juízes, mas que não chamava os guardas se eu tomasse a todo instante a palavra para fazer valer minhas razões.

Há nisso, bem sei, o suficiente para preocupar um psiquiatra, mas essa pequena derrapagem mental era meu único meio de defesa para acalmar a solidão e o sentimento de injustiça que continua me corroendo. Sim, conversei horas e horas com meu *laptop* e quando, nos meus passeios, ele não estava por perto, escrevia para ele cartas maléficas às quais ele nunca respondia. Mas à noite ele saía bem de mansinho do armário, se enfiava na minha cama e brincava de transformar meu sono num pesadelo.

Hoje, depois que ele voltou a ser um teclado e uma tela, minhas noites continuam não sendo serenas, mas isso se deve a Áurea, que muito depois do nosso primeiro encontro deu um jeito de me fazer voltar a escrever com o único objetivo de me livrar dela. Agora, o que vem agitar meu sono é a mesma bendita folha em branco de antigamente.

Na época em que vivi essa história, eu estava num país qualquer. Não posso, por enquanto, dizer em qual. De um lado, porque não iria acrescentar nada à substância da história que tenho para contar e, de outro, porque afinal estou foragido e prefiro continuar assim a desenhar riscos nas paredes de uma prisão pelo resto da minha vida. Só isso.

Estava longe de casa, isso eu posso dizer. Entre mim e a torre Eiffel, por exemplo, a distância é tanta que chega a ser maior que a mera lembrança de um cartão-postal. Nunca vi nenhum à venda naquele lugar. Não me fazia falta, nunca prestei muita atenção à Torre Eiffel. Aqui, só eventuais turistas de passagem a mencionavam. Às vezes, mostravam fotos, à noite, no restaurante. Passavam a câmera digital de mão em mão. Até o garçom dava uma espiada na Torre, por delicadeza e pela gorjeta. Depois, vinha até a minha mesa e dizia, enquanto abria uma cerveja: "não me espanta que a gente escute esses japoneses em tudo que é lugar, você viu as antenas de tevê que eles têm?". Mas não se deduza daí que eu estava num lugar selvagem. O tal garçom era um caso à parte, fazia só um mês ou dois que tinha trocado o facão de cortar bambu do lugarejo onde morava pelo pano branco de um restaurante da cidade cujos clientes, mesmo que não estivessem nem aí para a Torre Eiffel, não deixavam de ter dois celulares e a chave de um carro último modelo bem à vista. Quero dizer, era gente que frequentava bairros bacanas, cozinha internacional, ou seja, gente que emergia. Quanto aos outros, a quase totalidade das pessoas do povo, bem, era como em todos esses países hoje chamados "emergentes". Morrem discretamente de fome e a gente não repara muito nelas. E se nos aventuramos nos seus bairros, como eu gostava de fazer, não olham feio para a gente.

Não havia ali essa visão do estrangeiro rico que só serve para se tirar dinheiro, como é muitas vezes o caso em outros lugares. Ali não. Eles sorriam à maneira deles, um imperceptível vinco dos lábios, e então abaixavam os olhos. Ninguém assediava a gente na rua, nunca vi nenhuma criança pedindo dinheiro em troca de nada. Orgulho ou educação, até hoje não sei, mas essa atitude indiferente chega a ser quase desnorteante para o ocidental que teme ser extorquido por onde vai. No fim das contas, eu não tinha muito do que me queixar naquela região em que, se tomássemos tempo para percorrê-la, se descobria um pequeno paraíso natural acompanhado de tudo o que há de mais moderno. Não vou dizer mais do que isso.

Aliás, não se trata aqui de falar sobre mim. Sou apenas o redator de uma história e, como verão mais adiante, esse quebra-cabeças é que de fato me leva a escrever. Se a verdadeira personagem, a que me espreita a distância, estivesse por perto enquanto escrevo, minha disposição em relação a ela seria decerto bem menor. O fato é que ela tinha certas atitudes que ainda não engoli, e a vontade de lhe dar o troco ainda não me abandonou. Por ora, permitam que eu diga duas palavrinhas sobre essas reticências que anunciei logo de início.

Vou ser obrigado a criar nomes e inventar lugares. Terei, às vezes, de abrir mão ou alterar a relação espaço-tempo, por motivos que nada têm a ver com fineza literária. Pois é exatamente isso que encontramos em toda boa ficção, não é mesmo? Essa transposição velada que faz do ínfimo um universo. São os sentimentos, o assédio e o encanto que deles resulta. Escrever é isso. O resto é só cenário, material a ser confeccionado de acordo com um modelo. Não fiz mais que anunciar, porém, a fábrica imaginária. Prometo que vou construí-la utilizando materiais e ferramentas deste mundo, sem nenhuma extravagância. De todo modo, as fábricas vazias são todas parecidas. Os operários que as fazem funcionar é que nos arrancam a alma.

Pouco antes de conhecer Áurea, eu morava numa cidade bastante próxima da dela. Era uma estação balneária como muitas que havia por ali. Bem tranquila, com seu clima ameno, e os turistas, aliás pouco numerosos, mantinham-se decentes e adequados ao cenário. Nenhuma poluição no ar. As fábricas, quero dizer as de verdade, as que fazem barulho e cospem contêineres, ficavam lá longe, no interior, e os nativos do litoral falavam nelas como de monstros que nunca dormiam. Cuspiam línguas de fogo dia e noite e, dos operários que alimentavam a besta, dizia-se que eram imigrantes que vinham de uma ilha vizinha. Eu acreditava sem piscar, não conseguindo imaginar as pessoas do lugar, mais direcionadas para o livre comércio, expelindo a alma numa linha de montagem para sustentar um nível de produtividade de atear os sonhos dos patrões nas proximidades da Torre Eiffel.

Não quero dizer com isso que as pessoas da região eram preguiçosas. Homens, mulheres e crianças pedalavam feito loucos o dia inteiro e, às vezes, também à noite. Outra atividade que os ocupava um bocado era a limpeza. Passavam a vida esfregando roupas, calçadas, carros, riquixás, fachadas, galões, louças. Lavavam qualquer superfície passível de sujeira e, quando não sobrava mais nada para limpar, olhavam para a casa em frente com uma vontade louca de partir para cima e começar a esfregar de novo. Eu passava horas a observá-los da janela do meu quarto. Também elaborei diversas teorias a respeito daquela esfregação obsessiva. Para começar, estando num país de clima quente e considerando-se o aspecto geral daquele comportamento, eu me inclinava para explicações inteiramente práticas. Vai ver era um trabalho de prevenção necessário para eliminar as larvas de algum inseto que infestava o local. Convencido de que essa era a única explicação possível, nem me dei ao trabalho de conferir. De modo que me muni de uma porção de produtos desinfetantes e passei nos recantos mais inatingíveis do meu quarto. Esse período, pouquíssimo digno mas de um salutar relaxamento, foi coroado por uma gargalhada da funcionária da agência de turismo que viera me visitar.

Ela tampouco tinha grandes explicações a oferecer para aquela frenética atividade. "Vai ver que é tédio, dizia ela, será que também não é esse o seu problema?" Mais tarde, enveredando pela etologia, não pude deixar de pensar nos guaxinins e na sua mania de esfregar febrilmente as patas assim que se deparam com uma gota d'água. Mas será que era sensato comparar o procedimento de uns com o instinto de outros? Deixei para lá minha janela e minhas observações, voltando à normalidade de minha solidão. Uma volta na praia, reler o mesmo livro, entediando-me um bocado.

De vez em quando, lançava um olhar carrancudo para a bolsa com o meu computador. Podia até abrigar todas as larvas destrutivas do lugar, se transformar em verme ou mosquito, por mim tanto fazia. Escrever era realmente a última coisa que eu queria fazer naquela época.

Não sei se foi essa questão das larvas, a decepção quanto à teoria que eu tinha elaborado sobre sua existência, o efeito latente desses produtos de limpeza espalhados por toda parte, o súbito assobio do meu ventilador, ou a soma de tudo isso que me deixou numa pior. Numa dessas crises existenciais que eu conhecia muito bem, mas às quais nunca tinha conseguido me habituar. O fato é que, de uma hora para outra, naquele lugar que eu antes achava incomparável, nada mais estava bem.

Em apenas poucos dias e sem motivo maior, tornei a deparar-me com minhas velhas angústias, a me sentir como o cachorro escorraçado que eu era no início da minha fuga. Um século ou um ano atrás, tanto faz, a impressão é que conta. Depois de percorrer meio mundo, só prestando atenção em onde eu colocava o pé, tinha agora um paraíso do lado de lá da minha janela e, ainda assim, meu coração recomeçara a flutuar no vazio de outrora. Dormir sem sono, comer sem fome, andar sem objetivo, percorrer o dia até o sol poente. Havia de ser sempre assim, uma vida em meio a um milhão de outras vidas, feita de dias iguais, de um momento atrás do outro, todos distintos mas que, reunidos, não significam nada. Sem mais ilhas para deixar nem novas costas a alcançar. A lebre voltava para a toca. Assim é para todo mundo. Mesmo para os que sonham em partir e nunca haverão de partir, porque no fundo sabem que partir é bom mas, para chegar a isso, há que queimar o sonho; um combustível que não está à venda. É por isso que as cidades fervilham de roupas que andam depressa, se deitam e se levantam e se alimentam sem nenhuma emoção. O povo livre finalmente adentrou a cidade, desgastou o sonho e agora não tem mais nada a perder. A não ser os celulares bem presos no cinto e sempre por recarregar, eles são sua derradeira mão estendida. Eu também tinha um. Eu o guardava no bolso e o pegava uma vez por dia para ligar para a operadora. Uma gravação me informava meu crédito, validade, ofertas, uma quantidade de opções. Isso me mantinha ocupado por um tempo. Podia assim menear a cabeça como todo mundo, dar mostra de impaciência e então desligar com um suspiro de alívio. Como faziam todos. E então andar, comer e voltar para casa para dormir, como faziam todos. Às vezes eu juntava toda a minha coragem e me punha a contar meu dinheiro. Por mais que a gente se contenha, é o aluguel, a comida, os inevitáveis deslocamentos, o dinheiro voa. Eu precisava tomar cuidado. Quantos milhões de pessoas, naquele momento, se preocupavam pelo mesmo motivo? Isso me tranquilizava. Logo, eu não era diferente dos outros. É claro que eu tinha alguns problemas adicionais. As filhas tão longe e nenhuma esperança de tornar a vê-las num curto prazo. Mas isso também não tinha nada de extraordinário. Um garçom paquistanês tinha me contado que não via os filhos havia mais de três anos. Havia montes de imigrantes na mesma situação que eu. Nosso garçom ex-cortador de bambu tinha oito filhos. Tudo bem, mas então o meu paraíso também era uma miragem? Nisso, eu abria a janela. Não, o meu paraíso estava mesmo ali.

A mulher com sua mangueira para afogar as formigas na calçada também ainda estava ali. O mar azul e transparente, cacete, como esse mar ficou parado. Eu bem que iria nadar. Havia tubarões lá dentro.

4

Depois desse retorno súbito de inquietações pertencentes a uma época que eu julgara finda, e antes de retomar a estrada para um novo destino, alternei momentos de exaltação e de tristeza. Naqueles poucos dias, não parava de sair de casa a todo momento só para retornar em seguida. Às vezes, antes mesmo de cruzar a rua. A quitinete mobiliada, cujas cortinas rasgadas eu havia substituído na intenção de finalmente me estabelecer por um tempo, se tornara insuportável. Súbito, eu detestava tudo o que havia ali dentro. O sofá em que eu apaziguava meu tédio em dias inteiros de leitura agora me grudava na pele e exalava um cheiro nauseabundo de desodorante de flor de lótus misturado a fedor de fumaça. A cama tinha começado a ranger; minhas fotos coladas na parede estavam todas amassadas; pela janela já não passava nem um fio de ar, e o que me incomodava além da conta era uma porta do armário que, de uns tempos para cá, parecia se abrir sozinha de propósito, dando ao meu computador, guardado lá dentro, a chance de me espreitar o tempo todo. Era a primeira vez que eu aguentava tanto tempo num lugar. Não que eu tivesse finalmente encontrado o meu canto, mas naquele lugar anônimo não me sentia tão ameaçado como era tantas vezes o caso em outras partes. Aqui eu finalmente tivera tempo de entrar num bar em que o dono fazia sempre o mesmo gesto para me dar bom dia e onde eu podia tomar minha cerveja acompanhado. Eu também tinha feito dois ou três amigos que, já não se perguntando sobre minha vida, apareciam vez ou outra para provar minha comida. O início de uma vida na qual eu decerto não teria conseguido prosperar como outra pessoa qualquer, mas que eu não estava pronto a abandonar tão cedo para voltar a mergulhar na solidão de um errante. Ainda assim, e sem nenhum sinal de ameaça, já que ninguém viera bater à minha porta e nenhuma figura estranha me aparecera na rua, de uma hora para outra cedi a uma agitação que foi se tornando insuportável.

Eu não desconhecia o efeito dessas crises recorrentes, devidas ao estresse normal de uma vida de fuga. Elas desabam nos momentos mais inesperados e o único remédio é fugir. Às vezes, zanzando pela cidade a fim de aplacar a angústia, sem querer dava comigo na estação. Mais de uma vez cheguei a entrar na fila das passagens. Mas quando estava para chegar minha vez, os motivos de ir embora de repente já não eram tão claros como eu pensava e eu saía dali quase correndo.

Também me aconteceu de entrar numa papelaria e sair com uma linda caneta e um caderno com capa de brístol preto. Meus fetiches rituais no tempo em que eu não resistia ao chamado da escrita de um novo romance, que eu desconhecia por completo, mas que estava encubado e queria sair. Com minhas aquisições, ia sentar-me num parque, onde ficava fitando o nada até anular a mim mesmo em meio a palavras inúteis que me afloravam a mente e nunca chegavam à página. Então abandonava caderno e caneta em cima do banco e, envergonhado, voltava para casa. Acabava de destruir mais um traço, talvez o último, daquilo que eu havia sido. Já não tinha mais nada a dizer, nenhuma história para contar senão a de um homem evacuado. A minha.

Exausto com essa incessante hesitação entre tomar imediatamente meu rumo ou enfrentar ali mesmo a causa de minhas angústias, desabava na cama cedo da noite e mergulhava imediatamente num sono profundo que não durava mais que uma ou duas horas. Então, acordava de repente e, de olhos arregalados no escuro, desafiava o demônio da escrita enquanto esperava o raiar do dia.

Foi na insônia de uma dessas noites de vã resistência, a última antes de saltar num trem e desembarcar na cidade em que viria a conhecer Áurea, que cedi à tentação de sair da cama bem antes do amanhecer para tirar o pó do computador. Esse conflito obsessivo com meu passado de escritor já alcançara as raias do ridículo (qual o sentido de odiar meu único instrumento de trabalho a ponto de transformá-lo num instrumento onipresente de tortura?). Tudo isso é hoje muito revelador de uma crise depressiva, cuja causa real eu teimava em ignorar por medo de ter de aguentar novamente o tormento inicial dessa fuga inaceitável mas que, com o passar do tempo e porque não tinha escolha, eu fora absorvendo em pequenas doses até achar que estava imune.

Naquela noite, portanto, sentado na cama com o computador no colo, tentei fugir da tentação de escrever mergulhando num desses jogos solitários que minha filha caçula, ainda no primário, às vezes me deixava ganhar por pura pena. Depois de algumas tentativas fracassadas, tal qual um soldado que pula a trincheira e se joga em meio ao fogo inimigo, abri uma página de texto e comecei a metralhar o teclado em todas as direções na esperança de atingir um alvo qualquer.

Naquele momento eu ainda não sabia se iria embora e desconhecia, portanto, a existência de Áurea. Aliás, até muito tempo depois de nos conhecermos nunca me passou pela cabeça que ela pudesse ser a viga mestra de um novo enredo. Não acredito em premonições nem em puro e simples acaso. Existem coincidências curiosas que, olhando bem, têm sempre uma lógica precisa resultante de uma mescla de circunstâncias tal que, às vezes, se torna impossível depreender o fio da meada, se é que isso vale a pena. No que me diz respeito, por exemplo, não teria uma palavra a dizer sobre os encantos da fatalidade se, voltando ao meu computador, não tivesse topado sem querer com um texto curto, sem nome, esquecido na lixeira, que eu havia redigido em meio ao delírio daquela noite e eliminado em seguida a fim de apagar qualquer vestígio de um instante de fraqueza em que cedera à indecência da escrita umbilical. E agora, já num outro estado de espírito, deparar novamente com aquelas duas páginas e mergulhar, tanto tempo depois, no vazio em que aquele eu se debatia, foi como topar com uma folha de papel esquecida em que um ex-locatário tivesse registrado um inconfessável momento de abandono. É estranho reler a si mesmo e remontar aos pensamentos que precederam cada frase, com o distanciamento suficiente para avaliar e aceitar os sentimentos que ela exala, sejam eles amor, cinismo ou tristeza. Aceitamos tudo sem preconceitos, trata-se apenas de uma personagem viva que tomou conta de nós por um dia, uma semana, o tempo de um romance?

Era isso que eu tinha a escrever no sono perdido daquele eu-recente. Homem em fuga, fechado em si mesmo, já sem nada a dizer. Resisto à tentação de fazer qualquer correção, mesmo que isso pareça necessário, sobretudo no que toca às repetições. Quero restituir tal e qual meu estado de ânimo no momento que estava prestes a encontrar minha personagem.

"Se escrevo estas páginas, é porque não posso deixar de fazê-lo. O único motivo pelo qual escrevo, devo reconhecer, é, pois, desencavar o começo e descobrir a história que vou contar. Peço sinceras desculpas por essa declaração de vacuidade, sei que existem começos mais promissores, mas fiquem os leitores tranquilos, se estou escrevendo é porque certamente há alguém me chamando, em algum lugar, ainda não sei onde, mas a partir de agora nada vai me impedir de dar uma espiada no seu mundo.

"Escrever porque já não se suporta a ideia de não saber por onde começar. Que beleza. Não me refiro, evidentemente, ao costumeiro sofrimento de um começo: caramba, com que personagem, que lugar, onde situar essa história que nos enche a cabeça enquanto na página ainda não há nada. Se fosse só isso, compreendam, eu não desperdiçaria uma palavra sequer para dizer o que já virou um lugar-comum. Não se trata aqui da velha hesitação sobre a maneira de encarar uma nova história. Já escrevi o suficiente para reconhecer a diferença entre a agitação da primeira frase que irá criar um romance e a importância desse "eu" que irá santificar o casamento entre o escritor e sua interioridade até a última palavra desse romance. São momentos difíceis, um autêntico dilaceramento, reconheço, mas não têm nada a ver com o que nesse momento me impede de sentir o menor respeito por meu sofrimento. Faz vários dias e noites que, mesmo nas minhas melhores trepadas em sonho, o repentino desejo de jogar minha pele na escrita sem ter nenhuma ideia e com a mera esperança de que alguma acabe desabando em cima de mim vem me revolvendo o estômago. Não é sequer uma questão de medo nem de nojo ou respeito em relação a si mesmo ou ao mundo inteiro. Isso eu já conheço. Foi uma época em que eu pensava ter coisas importantes a dizer, aceitando de antemão o sofrimento do começo, logo varrido pelo bom humor de minhas personagens. Mas agora, essa coisa nem sequer se parece com um sentimento, não passa de um banal prenúncio de vômito. Uma aflição fugaz que, afora esse instante, não agitaria sequer uma molécula de ar. Agora essa coisa quer me arrancar a pele antes de me empurrar, em carne viva, com um pontapé no escuro."

Agora, como então, continuo opondo certa resistência em me jogar conscientemente na tormenta. Continuo não achando necessário. Não posso dizer que neste momento eu esteja nadando em felicidade, mas vou levando minha vida com fleuma e não acho isso nada mal. Gosto de não pensar em nada, de tomar cerveja e, principalmente, não quero sublimar meus sonhos eróticos mergulhando numa escrita sem pé nem cabeça. Em outro momento, talvez tentasse entender, inventasse alguma coisa para preencher essa louca demanda. Mas sem nenhuma exigência me obrigando a abrir a alma, a desvendar um tumor a pretexto de ser lido. Pois não é exatamente essa a razão de ser de um escritor? Não, não estou sendo justo. Como esquecer tantos talentos que, em vez de elaborar mentalmente suas grandes ideias, só escrevem em benefício da própria consciência? Um simples procedimento para melhor firmar essas ideias. Dão-se ao trabalho de escrever só para isso. As pilhas de papel que preenchem contam menos, para eles, que titica de passarinho. Os grandes pensadores são assim.

Mas já estou aqui divagando e, seja como for, pertenço a uma outra espécie. Escrevo primeiro e penso depois. É claro que isso não ajuda os bibliotecários. Classificar os pós-pensamentos de um livro que não conhecem, era só o que faltava!

Mas, voltando a essa bobagem do escritor levado a escrever só porque não tem nenhuma história. Quer acreditem, quer não, é essa a única motivação que o levaria a escrever. Diretriz meio fraca, essa, mas aquele azedume no estômago não tinha mais a oferecer. Depois de dolorosas reflexões, tomei a árdua resolução de diminuir a cerveja e tomar uma dose de Malox. Um excesso de acidez não era de se excluir.

Funcionou nos dois, três primeiros dias. Tornei a trancar o computador na sacola, bem fora de vista, e retomei minhas leituras sobre príncipes e reis. Então recomeçaram, de repente, as regurgitações biliares, somando-se a isso um problema de ouvido. Primeiro, um zumbido. Depois, claramente, uma voz da qual aos poucos conseguia isolar uma palavra, duas, e por fim frases inteiras. De um timbre agudo: "Se você não tem nada para contar nem vontade de fazê-lo, é justamente essa a hora de escrever". Essa intimação, que ecoava em meus ouvidos nos momentos menos propícios, começou a perturbar minha vida. Temendo que as vozes, cada vez mais insistentes, fossem ouvidas à minha volta, passei a evitar encontros embaraçosos com alguns amigos que fizera pelo bairro. Esse maior isolamento só fez piorar as coisas. Passado algum tempo, senti a necessidade premente de saber se o meu era um caso único, desesperado, ou se todo o mundo estava sujeito a momentos assim. Por fim, resolvi que não podia guardar aquelas esquisitices só para mim e, com ligeiras omissões, partilhei-as com um motorista de táxi, com o dono da banca de revistas que eu frequentava e com Matha. Eram esses os meus "amigos". Matha, apesar de o nome ser de mulher, era na verdade um rapaz que, enquanto alimentava nobres aspirações, ia se virando como faxineiro.

Mais tarde, repensando os momentos em que o "perigoso fugitivo" que eu supostamente era perdia o controle daquele jeito, destilando suas angústias de pequeno escritor em pane para pessoas desavisadas que decerto tinham preocupações mais sérias, eu ruborizava feito um garoto.

Em compensação, meus amigos levaram o assunto muito a sério. Até queriam saber mais. Não sei se no meio-tempo eu fui definhando e eles perceberam no meu rosto sabe-se lá que tragédia. O fato é que não paravam de me perguntar sobre o meu bloqueio, sobre as "vozes" que, longe de um sintoma de delírio galopante, eram para eles a voz da alma, "a justa rebelião de uma alma poeta condenada a ficar na sombra". Quanto à "sombra", estavam mais próximos da realidade do que imaginavam. No que diz respeito à alma e tudo mais, não estou seguro de que estivessem na pista certa. Seja como for, preocupavam-se comigo, aquilo já se tornara quase que uma causa coletiva e, vez ou outra, me telefonavam na maior agitação para me relatar uma história inédita. Uma verdade verdadeira que acontecera com um conhecido deles, uma história impressionante que caía feito um copo de água fresca na minha mente sedenta.

Eu escutava com toda a atenção que eles mereciam. Nem sempre eram histórias de se jogar fora e, em outras circunstâncias, teriam certamente algo para me inspirar. Me aconteceu de escutar depoimentos sobre fatos que dariam água na boca a esses autores de supermercado versados em mistério ou ocultismo edulcorado. Nada a ver. Os fatos extraordinários relatados por meus amigos eram, sem dúvida, terrivelmente reais, e espero que nunca venham a ser reduzidos a uma guloseima a ser beliscada entre dois folhetins.

Mas, de novo, eram apenas histórias, com personagens, lugares e enigmas. Ao passo que o que aquela vozinha me pedia era um vazio a ser demolido com ferramentas que eu desconhecia. Por fim, resolvi voltar para a cerveja e jogar o Malox no lixo.

Já não sei desde quando eu pegara o hábito de falar dormindo. Acontecia de eu acordar para retomar um discurso e aprimorá-lo até chegar a uma síntese ininteligível. Era meio chato e, ao mesmo tempo, curioso. No mais das vezes não passava de assuntos ou observações inofensivos, coisas requentadas que não me impediam de voltar de imediato a cair no sono. Outras vezes, porém, na inútil tentativa de readormecer, eu tinha de assistir a um singular desfile de imagens. Como quando fechamos os olhos e vemos passar fisionomias desconhecidas, e assim que tentamos retê-las elas escapolem e reaparecem com outra forma. Só que, no meu caso, acabava sempre ficando um detalhe de uma impressionante nitidez: um nariz, uma boca, um olhar abissal. Onde é que, sem me dar conta, eu já tinha visto aquelas feições? Pois, com aquela perfeição, decerto existiam em algum lugar. Um filme, quem sabe, ou um jornal, uma publicidade, na rua. Essas formas passavam no escuro, sem nada na frente ou atrás, flutuavam no vazio. Não pertenciam a ninguém conhecido. Eu matutava, queria saber o que estavam fazendo na minha escuridão. É uma brincadeira de criança, eu sei, todo mundo faz isso, mas eu estava num estado de espírito peculiar que me expunha, por exemplo, a um sentimento de culpa que me assaltava nos momentos mais inverossímeis. Bastava uma imagem qualquer, uma ínfima recordação e, de repente, era como se caísse em cima de mim o peso morto de alguma personagem a quem eu dera vida nas minhas histórias.

Eram apenas instantes, material para um psicanalista, e não quero me deter nisso mais nem um momento sequer. Porém, embora eu seja capaz de qualquer coisa para conseguir escrever, sou incapaz de filtrar o que brota da minha mente. Já criei e escrevi histórias que, por mais fantásticas que pudessem parecer, conferiam realidade a fim de esmiuçar pessoas, transformando-as em personagens. O que, por sinal, acabou sobrando para mim. Não me transformar numa personagem de ficção, mas num deslocado dentro do real. Mas, deixando isso para lá, meu objetivo era então dar um rosto àquela voz no meu ouvido, encontrar um espaço físico para situar minhas sombras. Eu tinha a impressão de estar respondendo a uma pergunta ainda não pronunciada.

Nesse estado de espírito é que vou ao encontro de uma história que não tem começo, é só uma pergunta para moldar a primeiríssima personagem que não se parece com ninguém e que poderia, portanto, tomar vida no corpo de uma outra vítima em busca de um autor.

Deve ser estimulante se pôr ao trabalho, como fazia o nosso grande Dostoiévski, quando se tem uma personagem do calibre de Raskolnikov, com a agitação de uma não vida a ser moldada, alçando-se pouco a pouco à introspecção a partir dessa clara consciência de se estar jogado na lona. Com toda a admiração que nutro por esse artista, queria ter visto Dostoiévski no meu lugar. O que ele teria escrito, a marca das minhas cervejas, minhas confusões, o zelador asiático que teima em falar comigo em inglês sabendo que esqueci essa língua para aprender alguma frase na língua dele? Pouco pano para a manga. Um "porão" de onde se levantar e sair para escarnecer o mundo... Beleza, está aí uma mina de palavras. Quanto a mim, simplesmente estou de pé. Um extramuros como tantos outros, com a firme intenção de permanecer assim o máximo de tempo possível. Com alguma dificuldade, não nego, mas nada a ver com a anulação e a suposta grandeza que isso traria. O meu tapete servia quando muito para juntar pó.

Era um bom tapete tecido à mão por uma casta de antiga ascendência. Absorvia tudo o que se derrubava em cima dele sem deixar transparecer. Matha aparecia em seguida e, junto com a poeira, aspirava também ideias, lembranças, imagens, frases caídas que eu não repetiria para ninguém, e também perguntas que não esperam resposta. Verdade é que já não se faziam mais tapetes assim tão discretos.

O meu problema continuava sendo a polícia, e isso não era de ontem. Manter os olhos bem abertos toda vez que eu punha os pés na rua já não me exigia muita atenção, com o tempo já se tornara um hábito. Era assim: antes de abrir a porta, um manco pega a bengala; a mesma coisa com um foragido – ele pega o seu passado. A distância e o tempo não alteram em nada essa deformação. Não basta ir para o país mais improvável do mundo, nem viver com várias identidades, para se sentir a salvo da matilha que está ao nosso encalço. O caçador está integrado na máquina, ele é chip eletrônico, psicólogo e satélite, está em toda parte. É esse o meu probleminha. Nada de mais, só o mero vestígio de uma época finda, sem nenhuma ideia grandiosa para desenvolver nem um fiapo de revelação para fazer. Um foragido apanhado por uma máquina. Nada para se perder o apetite, só uma certa precaução de rotina. Agora, até o velho mestre iogue do quinto andar pegara o hábito de consultar o computador. Para se informar, dizia ele, sobre umas vacas brancas sem guampas de já não sei mais que região. Mas eu o surpreendera passeando em locais suspeitos.

Eu resistia ao delírio. No fundo, estava num lugar de sonho, em que a vida não custava nada, um refúgio de aposentado precoce com aspirações meio indefinidas. Estava funcionando, eu não precisava buscar outra coisa. Só precisava resolver o problema das cervejas que, nos últimos dias, vinham ocupando demasiado espaço na geladeira. Só isso, e era o que eu queria deixar claro para aquela "vozinha" que estava me deixando louco. Embora essa possibilidade não constituísse de fato um problema, pois para a gente daquele lugar a loucura não passava de uma palavra criada pelo Ocidente.

Em todo caso, para desestimular a "voz" eu agora tinha um CD que o mestre iogue me emprestara. Uma espécie de ladainha inflexível capaz de pôr uma naja a nocaute. De modo que tudo poderia entrar nos eixos não fosse Matha meter seu bedelho. Era um cara legal, o Matha, seu único defeito era julgar digno e necessário meter-se na vida do patrão. Nada lhe escapava. Bastava uma simples olhada para ele diagnosticar uma iminente dor de cabeça. Em suma, segundo ele, eu estava doente, era grave, e a única solução para os meus problemas era um tio dele. Mas, para dar certo, eu tinha de ir até lá a pé, e sozinho. O tal tio morava num morro bastante alto, a não sei quantos quilômetros dali. Matha não abria mão disso. Ao seu enésimo aviso, decidi sair para tomar ar.

Uma mudança era o menor dos meus problemas, minha bagagem limitava-se à mochila que sempre ficava ao lado da porta de entrada e ao computador dentro do armário. Um arranjo curioso, que muito intrigava Matha, que, afinal, o classificara de "estúpida mania ocidental".

Na prática, aquele arranjo austero não era má ideia. Além de ser um bom método para aprender a distinguir o indispensável do supérfluo – embora essa questão pudesse ser aprofundada, já que, dependendo das circunstâncias, os papéis podiam se inverter –, era uma oportunidade para escapulir de última hora, apanhando na corrida o que fosse insubstituível. A diferença entre uma coisa e outra era simples: tudo o que não se compra num centro comercial tinha espaço dentro da mochila. Uma eventual mudança não se devia apenas à rapidez com que Matha iria espalhar minha grave enfermidade pelas redondezas. Eu nutria, além disso, a secreta esperança de que mudar de lugar me libertasse igualmente daquele insustentável apelo ao trabalho.

Sem nenhuma emoção particular, mas resolvido a partir rumo a um ponto escuro escolhido no mapa, fiz a mala no dia seguinte. Arrumei meus pertences segundo as normas de segurança habituais e fui embora a pé. Um motorista de táxi decerto iria insistir para levar minha sacola até o guichê da estação, o que, havendo apenas dois trens por dia, seria o mesmo que sair alardeando meu próximo destino.

5

A não ser que eu me embrenhasse no formigueiro da capital – desafiando os monstros lança-chamas, como dizia Matha – na minha situação específica, mudar de lugar significava passar de uma praia para outra, sendo todas elas mais ou menos iguais. Nem pensar numa cidadezinha do interior, onde meu anonimato como turista não se sustentaria por mais de uma semana. Alugar um apartamento para se instalar exigia um disfarce inatacável, a que só aventureiros de alto voo tinham acesso. Para eles, esse tipo de lugar protegido do circuito internacional era o esconderijo ideal para investir uma mínima parte do seu butim e garantir assim a proteção das autoridades locais, que também eram escroques, e adoravam convidar os ocidentais para suas faustosas recepções. Já eu, com minha conhecida fineza, mesmo que tivesse fugido com o caixa do meu editor, seria decerto expulso a golpes de prataria e louças douradas no primeiro banquete.

Várias centenas de quilômetros, era o que indicava o meu mapa. Quanto tempo levaria para percorrê-los, isso nada nem ninguém dizia. Dependia das fontes de informação, das condições climáticas, do meio de transporte, da vontade de chegar. "Sim, senhor", disse-me um homem que estava na fila no guichê da estação. Um sujeito com voz seca, vestido como um notável de um filme dos anos 1930. "Sim, senhor, isso mesmo, uma questão de vontade. A importância da viagem, aliada à firme determinação do viajante, é que nos faz chegar ao destino." Como ninguém desse risada ao ouvir essa conversa, supõe-se que fosse coisa séria.

Eu estava a dois passos da minha passagem quando uma cortina de ferro baixou sobre o guichê. Tentei perguntar alguma coisa, mas todos atrás de mim já se amontoavam frente a uma espécie de alçapão que, entretanto, se abrira logo ao lado. Fiz o mesmo. Valendo-me de minha posição na fila anterior, consegui um lugar de pé. Para um grupo bastante grande de viajantes, só restava aceitar um tíquete vermelho, incrivelmente barato, que permitia o acesso ao teto do trem. As crianças pulavam de alegria.

A viagem foi bastante longa e instrutiva. Não era a primeira vez que eu viajava em condições similares. Mas toda vez me deixava surpreender pela quantidade de coisas que acontecem entre as pessoas durante as primeiras cinco ou seis horas que passam amassadas umas nas outras. Não precisa ser um grande curioso para se meter na vida dos outros e experimentar determinadas atitudes que, em outras circunstâncias, jamais teríamos em público. Para tirar o máximo proveito, é preciso se armar de um bom humor sustentado por discreta resistência a todo tipo de eflúvios. Num primeiro momento, aceita-se com naturalidade o inevitável corpo a corpo em que, já não havendo lugar para o pudor, vai se instaurando aos poucos um clima de impudica cumplicidade. O ambiente acaba por transformar numa grande família a multidão cada vez mais ensurdecida e sacudida pela instabilidade dos trilhos.

Assim é que, com o trem rodando havia horas numa lentidão insuportável, os passageiros foram se entregando a modos absolutamente humanos, mas não realmente habituais. Nada de muito mau nessas atitudes, às vezes nem tão discretas, mas que todo mundo exibe no resguardo da intimidade e em condições ideais. Não tenciono retratar o quadro em todos os seus detalhes. A tarefa extrapola, e muito, meu talento para a descrição. Só a força da imaginação, aquela que nos arranca da poltrona da qual assistimos à nossa própria vida como se fosse um filme, pode ter uma ideia das delícias de uma experiência dessas. Imagine-se esmagado feito sardinha por um tempo interminável, em meio a pessoas que, sorrindo, se sentam em cima de você, com os seios roçando-lhe a boca, um pênis duro encostando em seu glúteo e você não tem nada a ver com isso, um sujeito que, a menos de trinta centímetros do seu nariz, aproveitando a amplitude das calças que se costuma usar por aqui, mão no bolso, se masturba tranquilamente sob o olhar divertido da mulher ao seu lado que fez seu sangue ferver. Tudo isso enquanto peidos em quantidade, cansados de soprar com moderação, trovejam, enfim, com toda a liberdade. Imagine também um velho trem ofegante avançando com sua carga de pessoas, todas motivadas pelo imperioso desejo de chegar ao fim dessa natureza tão poderosa e bela que é a de se perguntar por que ainda se deixa penetrar por aquele maquinário tão frouxo como um moribundo. E se a massa compacta de corpos suados lhe permitir pairar por um momento acima dessas matas imensas, poderá imaginar dentro delas uma quantidade de criaturas selvagens entregando-se aos próprios instintos tão impudicos como os dessas pessoas grudadas na sua pele pelo tempo de uma viagem em que já não cabem as maneiras do homem moderno.

As estações, aqui, são todas parecidas e seria imprudência de minha parte ilustrar sua arquitetura. O curioso é que, apesar da rara frequência de trens, estão sempre, dia e noite, em alvoroço. Abri caminho entre a multidão de vendedores de todo tipo de mercadoria e de incansáveis carregadores de homens e bagagens. Escorrendo suor, o melhor é avançar de cabeça baixa, com a firme determinação de chegar à rua e me enfiar num carro com o nome do hotel impresso na lataria. Impresso, repito, não apenas colado. Um detalhe responsável por uma não desprezível diferença no taxímetro.

Em meio à algazarra, um motorista gritava umas palavras em francês. Eu estava acostumado. Não é raro por aqui, sobretudo entre os mais velhos, interpelar os turistas europeus em francês. Às vezes, chegavam a citar personagens cujos nomes me escapavam. Eu deduzia daí que nossas respectivas referências à França não datavam da mesma época.

Intercalando algumas palavras de francês, expliquei na sua língua minha intenção de permanecer naquela bela cidade por mais tempo que um período normal de férias. Tão logo decifrou que eu estava ali para me instalar, parou o carro no acostamento. Então, examinou atentamente a mim e à minha bagagem, em seguida me perguntando sobre minha ocupação. A palavra que ele queria ouvir era aposentado. Claro, eu não podia ter dado mais sorte, ele tinha bem à mão exatamente o que me convinha. Precisava de dinheiro, naturalmente, para explicar à gerência de seu hotel a não muito correta mudança de ideia do cliente.

Eu já havia percorrido alguns países daquela região do mundo e tinha me hospedado em várias cidades à beira-mar. Minha impressão, cada vez que eu chegava, era que uma mesma empresa as tinha construído, uma depois da outra, adaptando minimamente um mesmo plano urbanístico à geografia do lugar. Tão logo se sai da zona comercial, onde ainda subsiste algum particularismo, mesmo que só pela cor das mercadorias expostas, chega-se sempre às mesmas avenidas floridas com as inevitáveis torres de vidro fumê. A cidade, desta vez, não constituía uma exceção.

– Aposentado, hein? – dizia o motorista. – O senhor vai ver só, tranquilidade, conforto e vista para o mar. Não é caro, não – ele me tranquilizava, no seu francês anacrônico.

– Aposentado em quê mesmo? O senhor disse arquivos? Arquivos de quê mesmo? Biblioteca... Ah, biblioteca! Muito bom, o senhor é um homem de cultura. Sabe, *monsieur* – o "*monsieur*" ele dizia em francês com uma pronúncia muitíssimo melhor que a minha –, eu tenho em casa um livro francês chamado *La-*

rousse. O senhor arquivou esse também? Claro, que pergunta, um livro desses tem pelo menos cinco quilos. Os franceses leem muito. Grande povo, esse. Décimo quarto andar, apartamento 1.418, porta-balcão de vidro, mar imóvel. Acendi um cigarro. Eu falava muito mal a língua deles. Além disso, de um lado do país para o outro variava o jeito de falar. Mas depois de certo tempo, de que eu dispunha à vontade, e graças à paciência de um verdadeiro aposentado bilíngue que por um período foi meu vizinho de porta, já conseguia nessa época ler a imprensa local. Um feito que, posso assegurar, não estava ao alcance de todo estrangeiro residente. Para se ter uma ideia, basta dizer que, ao me verem ler um jornal, as pessoas paravam para conferir se eu não estava só fazendo de conta. Eu me orgulhava muito disso e não perdia a oportunidade de me exibir um pouco. Fazer o quê, quando se tem tão pouco motivo de prazer.

O apartamento era mais ou menos do mesmo tamanho que aquele que eu acabava de deixar. A disposição das peças era outra. A sala recebia mais luz do dia. Era bom para escrever.

Essa última reflexão não tinha nenhum valor em si. Era só uma observação maquinal. O camponês, por exemplo, tem o hábito de avaliar num só olhar a fertilidade da terra. Não quer dizer que ele vá plantar repolhos em todo lugar aonde for.

Eu estava satisfeito com a minha casa nova. Tinha uma geladeira tão grande que eu não precisava mais optar entre a cerveja e a comida. Poderia diminuir o número das compras diárias que me serviam para ritmar a extensão do meu tempo ocioso. Nada para se preocupar, a preguiça nunca era para mim uma grande preocupação.

Falando em preguiça, algum tempo antes da minha mudança, já não lembro por que motivo, eu andava pensando seriamente nas pessoas que não conseguem viver sem estar fazendo alguma coisa. Era horrível descobrir que um monte de gente não concebe a vida fora de uma ocupação e, quando não a têm, se agitam freneticamente para inventar uma ou fingir que estão muito ocupadas. Eu mesmo havia testemunhado um caso desses. Uma pessoa próxima que se aposentou depois de quarenta anos de fábrica. Ele passava o dia angustiado porque não sabia o que fazer com seu tempo enfim liberado. Seis meses depois do seu último dia de trabalho, morreu em sua cama. Morto de tanto descansar. Não é só um modo de falar, há muita gente nessa situação, essas pessoas padecem de fato, a coisa é séria. Mas quem se importa com esses coitados? Verdade é que já é difícil descobrir remédios para o câncer, AIDS, ciática etc. Mas será que já se tentou fazer uma comparação com o número de pessoas que morrem por não ter nada para fazer? Talvez sejam milhares, milhões, quem sabe até mais que os mortos de fome. Nunca ouvi falar, porém, de uma pesquisa científica ou de um G7+1 para tentar combater essa calamidade. Quando muito, aconselham essas pessoas a cultivar uma horta, ler ou, então, e aqui eu começo a gritar, escrever!

"Meu amigo, por que você não experimenta escrever?" Quantas vezes já ouvimos essa bobagem. Nada pode ser mais cínico do que dizer isso para um moribundo. É óbvio que quem faz uma proposta tão irresponsável nunca passou nem perto do problema. "Experimente escrever", insensatos, e enquanto isso há milhões de pessoas morrendo. Isso me revoltava a ponto de, cada vez que essa desgraça me vinha à cabeça, ficar me remoendo horas a fio. Em suma, ajeitar meus neurônios segundo a minha ordem estabelecida e refletir sobre essa injustiça contra as vítimas da patologia da inatividade me ocupava de tal forma que, afinal, exausto, ia me deitar matutando numa possível e justa reivindicação coletiva. Pois é inacreditável que exista tanta gente incapaz de viver sem fazer nada e que ninguém nunca tenha pensado em juntar essas pessoas num movimento de protesto. Não é?

O supermercado, cuja proximidade era um pré-requisito de suma importância na escolha de minha moradia, ficava a dois passos dali, conforme me garantira o motorista. Eu esticava um pouco o trajeto para dar uma olhada nas redondezas e acabava, inevitavelmente, na praia. Havia umas ilhas logo em frente. Não eram bem ilhas, eram antes imensos cones rochosos que pareciam caídos do céu para montar a guarda na baía. Eu ficava ali, de pé entre um pequeno pagode e uma fileira de barcos pesqueiros, tomado por uma excitação trêmula, quase exaltada, pelos rumos tortos de uma vida que tinham me conduzido para aquele lugar.

Quando se viaja sozinho, e não por prazer, num país estrangeiro, costuma-se dizer que seja como for, seja qual for o lugar, é tudo a mesma coisa. Pensei bastante sobre essa reação imediata e percebi que era para mim um fato psicológico apaziguador. Levei tanto tempo para chegar a essa conclusão que não pretendo explicá-la aqui em poucas palavras. Para entender minimamente, seria preciso ter tido a experiência de se perder no meio da noite numa grande cidade desconhecida e, para não entrar em pânico, convencer a si mesmo de que está andando sempre na mesma rua. O exemplo é meio fraco, mas já disse que precisei de anos de fuga para conseguir entender. Poderia tentar ser mais claro abordando o assunto por outros ângulos. Mas não quero usar minha posição de vantagem nessa área para adormecer meus leitores com ensinamentos tão preciosos quanto inexploráveis.

Imagine-se apenas passando a vida a se deslocar de um lugar para outro sem criar laços com ninguém. Então, sendo impossível estabelecer a diferença entre um e outro, a cada nova etapa terá a impressão de conhecer todo mundo. É o que se torna, no fundo, tranquilizador: se tem a sensação de estar sempre em casa. E mesmo estando ciente de que se trata apenas de uma primeira visão, de uma ilusão, vai se aferrar a ela porque, como já foi dito, a primeira impressão é a que conta.

O azul do mar não era exatamente igual ao que eu acabava de deixar. Havia, aqui e ali, reflexos verdes e amarelados. A proximidade de um grande estuário não era de se excluir. A baía também era diferente, juncada de rochas escuras e pontiagudas que às vezes atingiam alturas impressionantes. Ao longe, à esquerda, avistava-se uma extensa praia de areias claras e uma fileira de quiosques com o típico telhado pontudo de palha. Não havia muita gente para aquele lado.

Estavam todos no supermercado. Ignorei as pilhas de sacos de arroz e soja e fui direto para a prateleira das bebidas. Ao passar, abasteci-me também de iogurtes e frutas. Tirando a promiscuidade do trem, seria sobre uma magnífica manga amarela que eu iria tocar, pela primeira vez nessa cidade, uma mão que não a minha. Uma mãozinha branca de dedos contraídos, que não soltava nada. Havia um monte de mangas amarelas naquela gôndola, mas a mão descarnada queria justamente a que eu havia escolhido. Era, sem dúvida, a melhor manga da pilha, com casca fina e reflexos dourados, com a firmeza ideal para ser consumida de imediato. Era a manga que eu precisava antes de abrir a cerveja. Fui subindo pelo braço branco e liso até chegar aos olhos cor de avelã que sobressaíam num rosto de mulher que, obviamente, nunca fora tocado por um raio de sol. Feições contraídas, daria para dizer bestamente que era uma "mal trepada", como gostam de falar os parisienses, pelas costas da mal trepada, é claro. Mas havia nela uma frieza autêntica, alguma coisa que não se encaixava nessa categoria. Ao contato de sua mão, que continuava agarrada à outra metade da minha manga, percebi uma determinação feroz que não podia ser mera reação exagerada de um instante. Como ocorre às vezes em acidentes tão insignificantes como o de uma senhora que sai para fazer compras e deixa a panela no fogo. Ela não se encaixava nesse caso, seu olhar vibrava com uma força estranha que, durante os breves instantes em que nem eu nem ela renunciávamos à disputada fruta, não me deixava focar as feições de seu rosto para descobrir se se tratava de uma jovem, de uma velha ou de uma louca. De qualquer modo, era sem dúvida uma estrangeira, queria a minha manga e a arrancou da minha mão num gesto violento. Deixando-me ali, boquiaberto, olhando para as costas de sua silhueta que se afastava, imperturbável, dentro de um vestido branco esvoaçante. Voltei para a pirâmide de mangas, todas iguais, a minha já não estava lá. Me senti tão idiota que por pouco não me esqueci das cervejas.

Voltando para casa, não me perdoava por minha fraqueza – o meu olhar treinado para ler o perigo a distância, onde estava, diante dessa ladra de manga da qual só me restava um sentimento de derrota.

6

É terrível e fascinante chegar numa cidade escolhida ao acaso e, num vapt-vupt, encontrar-se num apartamento em que só falta encher a geladeira para estar confortavelmente instalado. De início, a cada mudança de endereço, eu revisava o equipamento da cozinha, contava o número de lençóis e toalhas, verificava as torneiras, a descarga. Não que isso substituísse a demão de tinta ritual com que um novo locatário costuma marcar seu território, era só para reservar um tempo ao prazer da descoberta. Depois, de tanto contar sempre os mesmos quatro talheres, quatro toalhas, rigorosamente quatro de tudo toda vez, me cansei até mesmo desse pequeno jogo de tomada de posse do lugar. Agora eu apenas distribuía meus parcos pertences entre a mochila – sempre deixada, evidentemente, ao lado da entrada – e o armário.

Na manhã seguinte, abri os olhos em minha nova cama, tentando me lembrar do momento em que desabara nela. Não gosto de dormir sem antes considerar, uma por uma, as falhas do dia. É um hábito que carrego desde a infância. Deve vir da minha mãe. Não tendo nunca sido tocado pela luz divina, eu então substituíra suas rezas a sussurradas por um secreto exame de consciência que me permitia branquear todos os meus pecadinhos antes de recomeçar outro dia com o coração leve. Ao crescer, iria transformar esse hábito de purificação cristã num implacável procedimento de avaliação, a fim de acrescentar à minha lista de incompetências aquelas mais recentes que minavam meu modo de vida. Àquela altura, sabia perfeitamente que isso nunca me ajudara de fato a evitar os mesmos tropeços, mas, em compensação, eu sem dúvida saía ganhando em matéria de sono. Desta feita, eu me esquecera das minhas "orações", o que era preocupante. Passado um momento de autoflagelação, pulei da cama, um pouco mais tarde que de costume, e mergulhei na minha rotina. Como se o chá da manhã e o jornal no hall do hotel-residência fossem ter exatamente o mesmo gosto e ficar no mesmo lugar dos de ontem ou de amanhã.

As surpresas eram coisa rara.

Mesmo esmiuçando o jornal até os anúncios, ainda era cedo demais para me aventurar pelas ruas. Ter uma ideia do que seria a vida naquela cidade. Subi de volta ao meu quarto, portanto, determinado a achar uma ocupação qualquer. Até a hora em que os vendedores de quinquilharias viriam ocupar seu lugar na orla. Ou quando o aroma forte das especiarias subisse dos porões encardidos, trazendo água na boca àqueles que, ao meio-dia em ponto, iam fazer fila frente às grandes marmitas fumegantes alinhadas ao longo das avenidas. Ou seja, mais uma ou duas horas para passar, durante as quais eu não achava nada melhor para fazer do que andar de um lado para o outro do meu novo apartamento, assaltado por sentimentos contraditórios. Era a organização do local que me atrapalhava. Não conseguia encontrar ali nada fora do lugar.

Depois de incontáveis mudanças, era a primeira vez que eu não tinha nada do que me queixar. Um cômodo que não serve para nada, uma torneira pingando, barulho, moscas, uma divindade pavorosa a um canto, eu precisava de alguma coisa do gênero. Aqui, uma vez abertas as janelas para arejar o inevitável aroma desodorizante, não havia sequer um vaso de flores de plástico para tirar da minha frente. Tranquilidade absoluta, boa exposição solar, mobília sóbria e até um leve perfume de flores vindo dos gladíolos que formavam desenhos no pátio interno. Perfeito. Acho monstruoso quando não há do que reclamar. Eu mesmo não poderia ter planejado um lugar melhor para ficar. Depois de procurar por um defeito por tudo, pois existe necessariamente um defeito quando tudo parece perfeito, cedi finalmente à ideia de que fazia mesmo muito tempo que eu não desfrutava tamanho conforto. Estava quase tentado a ir comprar uma planta, mas essa ideia me remeteu de imediato à minha toca parisiense que eu tinha transformado em estufa. Uma planta, e por que não um gato? Preto, como aquele que havia deixado aos cuidados de minha filha. Plantas, um gato, depois uma família, uma biblioteca, discos, tudo o que há de mais normal para um homem em fuga. Quanta bobagem.

Quanto a essa história de fuga, já que tocamos no assunto, devo dizer que eu nunca a havia aceitado. É verdade que até agora falei nela como de uma tara adquirida, por um simples motivo: não queria me arriscar a transformá-la num tema central, já que não é esse o objetivo desta história. Por outro lado, para que voltar o tempo todo a ela, pôr o dedo na ferida da minha própria impotência? Para sofrer ainda mais? Melhor revestir isso tudo com fatalismo e traçar meu caminho maquiado de durão.

Não queria, no entanto, que pensassem em mim como num bandoleiro escaldado em todo tipo de desgraça. Sempre foi difícil assumir esse papel, e mesmo que eu fizesse o necessário para continuar sendo uma ave solta o maior tempo possível, era com o coração relutante. Era impossível não pensar em todos os canalhas que vivem abertamente, cortejados por todo mundo e sem mochila atrás da porta. Isso me dava engulhos. Principalmente porque entre os ditos canalhas estavam também certos politiqueiros que ainda, e sempre, querem a minha cabeça. É verdade também que, com o passar do tempo, esses rancores começavam a ceder lugar a uma espécie de purgatório dos sentimentos. E assim eu ia, levado por um vento que raramente me perguntava de onde vinha. A não ser quando me alcançavam lembranças de antigas tormentas. Quando pensava, por exemplo, naquela vez, num evento literário em Paris, em que topara com um antigo conhecido da época dos "anos de chumbo".

O sujeito em questão tinha, nesse meio-tempo, se tornado um homem importante. Um homem ligado ao Estado. Sua posição, contudo, não o impedia de apertar a mão de um ex--companheiro, mesmo exilado. Durante a conversa mencionei sem querer um episódio da nossa militância comum. Um dia em que, justamente, por pouco não tínhamos ambos cometido uma imensa besteira. A reação daquele velho amigo me deixou estupefato. Com uma expressão de surpresa, pediu que eu repetisse a anedota e então, delicadamente, disse que não era possível, que eu estava fazendo confusão, que ele jamais sequer encostara numa arma naquela época. Não insisti. Estava claro que aquele homem, àquele momento, estava sendo sincero. Ele de fato apagara da memória uma parte inconveniente de sua juventude. Em outras palavras, era o mesmo que lembrar a um novo-rico o seu passado de pobretão. Ele entenderia como um insulto e, caso alguém insistisse, principalmente no meio de uma festa, se sentiria no direito de fazê-lo calar a qualquer custo.

Eu então deixara a mesa dele, atônito. Parecia até uma cena de Woody Allen. Mas, mesmo nos melhores filmes, a realidade é capenga. Esse acontecimento me pareceu tão grotesco que, a partir dali, para não fazer novamente papel de irresponsável, consegui fabricar para mim lembranças menos livrescas e, sem dúvida, mais adequadas à minha ex-nova vida de escritor pacato.

Apenas um pequeno acidente de percurso. Agora, havia demasiada luz no meu novo apartamento para abrigar as velhas sombras. Sem contar que eu ainda não tinha testado a temperatura da água.

Boa, mas não fantástica. Devia haver algum rio despejando suas águas turvas não longe dali. Crianças pescavam com um pedaço de rede amarrado num bambu. Uma velha observava. Estava sentada com a água batendo no peito, totalmente vestida e com um chapéu de palha na cabeça. Cumprimentei-a. Em resposta, ela levantou a mão esquerda, o rosto ainda voltado para as crianças. Mas ela me via, e se perguntava. Era sempre assim, primeiro a polidez de uma estátua, e depois duas, três palavras. Caso o intruso não passe más vibrações. Para merecer um olhar direto já era muito mais complicado. Podia acontecer de pronto, ou nunca. Não era uma questão de desconfiança ou desprezo, como poderia erradamente deduzir um ocidental. Já me acontecera de falar com pessoas daqui que me dirigiram palavras francas e calorosas, mas sem nunca erguer o olhar para mim ou para quem quer que fosse. Parece que, para eles, há algo mais importante para olhar logo acima do ombro da gente. Então, sem nenhum motivo especial, vemo-nos olho no olho, e este é o presente mais precioso que esse povo pode dar.

De qualquer modo, não seria através da velha vestida na água que eu iria descobrir por que aquela praia, embora pouco pedregosa, estava deserta.

Eu lembrava da faixa de areia clara, dos quiosques visíveis da minha janela, e tomei essa direção. Era mais perto do que eu esperava, logo depois de uma pequena elevação. Andei alguns metros na areia fina e estaquei de repente. Não pela inesperada multidão de banhistas – o que me deteve foi uma mancha branca à mesa de um quiosque próximo. Ela também tinha me visto. Se um olhar pudesse matar, eu estaria morto. Ela ergueu a mão pedindo a conta enquanto eu dava meia-volta.

Eu estava furioso. Por que tinha dado para trás feito um covarde? Por que motivo não tinha continuado a andar normalmente e, por que não, ido tomar uma cerveja debaixo de um guarda--sol pontudo? Não, em vez disso, eu me deixara rechaçar por dois olhos de nada cor de avelã que não teriam assustado nem um esquilo. Pior, eu me encolhia à mera lembrança desses olhos, pois àquela distância não tinha como avistá-los. Era insuportável. Dei várias vezes a volta no prédio pensando que tinha de ir imediatamente enfrentar aquela mulher. Voltar agora para a praia. Ela não podia estar longe, com uma pele tão branca decerto tinha ido se abrigar no quiosque seguinte. Ir direto para ela e dizer, dizer... Mas o que eu poderia dizer? "A senhora é má, branca que nem larva e pegou a minha manga"? Existe algum limite para a idiotice? Eu tinha de me contentar com um sorriso de desprezo e escapulir de cabeça baixa remoendo a minha raiva.

"A essa altura, não tenho mais o direito de reagir feito um bárbaro, já enfrentei situações muito mais delicadas e sempre me saí com dignidade, consolava-me sem muita convicção. Não sou o último dos idiotas, que se deixa arrasar por um olhar e fica de braços cruzados. Em dava trabalho para os serviços secretos do mundo inteiro, eu era o quebra-cabeça deles." É claro que eu estava exagerando um bocado, sabia disso, mas naquele momento não podia senão apressar cada vez mais o passo e dar palavras de beber ao meu amor-próprio para tentar minorar os estragos de minha recente inépcia.

Depois de algumas horas de caminhada enlouquecida, já reduzira a mulher a mingau. Quase me dava pena. Coitada, não podia imaginar quem era o homem que ousara desafiar com o olhar. Mas isso não justificava.

Eu não parava de elucubrar, já entrando em pleno delírio.

Verdade é que não pareço ser o que sou, mas ela tinha de ter pensado duas vezes antes de fazer uma besteira daquelas. Ela iria se ver comigo no dia seguinte ou nos próximos, pensava, apressando o passo. Se um improvável raio de luz não lhe aclarasse o caminho e a fizesse escapulir antes que fosse tarde demais. Mas o que ela queria, afinal? Repetia essa pergunta sem parar. Não podia evitar de andar cada vez mais depressa e vê-la com seu vestido branco, os dedos crispados sobre a manga. Não havia um átomo sequer da sua pessoa que não suscitasse nojo. Eu, pelo menos, não sou assim tão repulsivo, ou pelo menos nunca obriguei ninguém a me dizer isso. Ao passo que ela... ora, eu nem sequer me lembrava do seu rosto. Embora me parecesse ter olhado bem para ela. Era como se não tivesse rosto. Dava uma sensação esquisita. Basta, eu estava me deixando levar por um delírio de escritor, concluí afinal.

Com os pés em brasa e sem ter ao menos olhado ao redor, voltei para casa amadurecendo uma fina vingança.

Era tarde. Substituí o jantar por algumas cervejas e fui direto para a cama. O computador estava na sacola, e a sacola, bem guardada no armário. Ele é que não ia me atrapalhar o sono.

Passei a noite escrevendo. Não de verdade, já que antes de ligar a máquina eu teria tido tempo para me recompor. Tudo aconteceu dentro de um pesadelo, e nesses casos a gente não tem escolha. Passei assim minha segunda noite naquele bonito apartamento procurando no sono as contorções abdominais e a mesma vozinha vil da qual eu havia fugido para evitar qualquer tentação de reativar minha úlcera ao recomeçar a digitar no teclado. Eu chamava por elas, implorava para que voltassem. O suor escorria a rodo, o inferno já não devia estar longe. Não saberia dizer exatamente que comida ruim eu digeria, mas é possível que na origem daquela pavorosa chacoalhada à beira do abismo estivesse o abuso de curry no almoço. Seja como for, no meu pesadelo, parecia certo que só aquelas famosas incitações violentas à escrita poderiam me libertar de uma insustentável sensação de vazio. Mas por mais que eu me agarrasse à lembrança que tinha delas, apesar das cervejas e do indigesto encontro com aquela mulher, não surgia nenhuma voz nem um mínimo engulho para me segurar. Caí. Então, entregue àquela queda livre, me pus a chorar. Não queria tocar o fundo do poço chorando, mas minhas lágrimas escorriam sozinhas enquanto eu refletia bobamente que, afinal, não havia ninguém ali para vê-las. Ao invés de me tranquilizar, esse pensamento me deu uma consciência mais aguda da escuridão que me aspirava. A mesma de quando se apaga a luz e se fecha os olhos para dormir. A escuridão povoada, de início, por pequenas faíscas e depois por essas figuras sem contorno, essas coisas disformes que às vezes lembram um rosto. Só que desta vez não eram as imagens sombrias que desfilavam à toda ante meus olhos cerrados. Elas permaneciam imóveis, vendo-me cair. Eu me agarrava à esperança de um súbito retorno à realidade. Isso também acontece no pior do sonho, voltar a si e espantar tudo com um imenso suspiro. Mas a sensação da queda era tão real que estendi a mão e apanhei uma face escura. Por um instante, senti como se sua solidez refreasse minha queda. Segurei, pendurado com toda a força naquela coisa cuja forma me escapava. Mas à medida que ela se desmanchava no escuro, eu desabava. Fazia o possível para apanhá-la de novo, desenhava uma forma para ela, emprestava-lhe um rosto qualquer, e até sentimentos. Ela me soltava. Então o ódio me explodiu no coração. Amaldiçoei-a, queria lhe causar o pior mal, tinha vontade de cuspir nela, espezinhá-la até reduzi-la a pó. Ela devia ser feia, ninguém iria sentir sua falta. Imaginava seu corpo disforme, seus sentimentos tortuosos. Que lugar poderia dar à luz uma coisa daquelas? Eu enxergava esse lugar. Não era diferente dos outros. Tinha pessoas e casas, bares e fumaça de cigarro. Havia um monte de gente em volta daquela coisa imunda e, mesmo assim, ninguém parecia se interessar. Por que era tudo tão normal em volta daquela monstruosidade? Será que todos os outros sabiam de algo que eu ainda ignorava? Haveria uma explicação para aquela incrível indiferença? Eu queria saber. Nem pensar em me espatifar no fundo sem antes dar uma olhada no mundo ingrato de onde saíra aquela coisa. No exato instante em que a curiosidade me tomou por inteiro, eis que surgiu Z.

    Sabe como é nos sonhos, a gente passa de saco para mala com tal naturalidade que nem me passou pela cabeça perguntar o que aquela mexeriqueira estava fazendo ali e, principalmente, por que não tinha aparecido antes. Eu devia ter imaginado. Z. é uma garota adorável e persistente, dedicada a todas as causas perdidas. Ela sempre precisa de alguns instantes a mais para perceber de que lado vem o vento, mas também é graças a ela que, na época, pude sair de Paris com vida. Z. era uma figura e tanto, complicada e graciosa que só vendo. O tipo de mulher capaz de se transformar em chiclete para ficar mais tempo na boca da gente. Quanto aos remédios que ela oferecia, pelo menos em sonho, deixo que os leitores julguem.

Enquanto isso, sem que eu percebesse, minha descida vertiginosa se atenuara. Eu continuava no escuro, e a figura asquerosa que me deixara cair se reintegrara ao vazio. No seu lugar se materializara o rosto sorridente de Z. Nada a dizer sobre essa troca, eu a teria beijado dos pés à cabeça, mas em vez de me passar uma corda ou, em último caso, uma cerveja, ela me estendia uma caneta. E nem era uma dessas canetas da moda que vêm embrulhadas em papel dourado. Não, só um troço de três tostões com a tampa já toda roída. Paralisado pela surpresa, eu só conseguia interrogá-la com os olhos. Ela dava risada: "E aí, vai pegar essa caneta ou não vai? Eu tenho mais o que fazer. Você talvez tenha esquecido, mas estou com um terrorista do século passado, um babaca de um veterano de 68, para cuidar." Nem valia a pena retrucar. Com Z. era sempre assim, ela falava por meio de enigmas. De tanto encher páginas e páginas, acabou se tornando uma escritora de grande talento mas, no fundo, ainda é a arqueóloga de sempre. Vai saber em que camada da história ela andava metida dessa vez.

Em compensação, no meu sono agitado, Z. desaparecia e só me restava inventar histórias, uma mais vã que a outra, na expectativa de dar um sentido àquela caneta roída.

7

Desci até o hall com um aspecto exausto. Não há nada pior que passar uma noite escrevendo contra a própria vontade sem ter sequer a opção de rasgar todas as folhas ao amanhecer. Não é tão fácil sair de um pesadelo. Mas, apesar daquela coisa que ainda me martelava o cérebro, eu continuava não cedendo à vontade de escrever. Aquela forma a que eu gostaria de dar um rosto, só para saber quem me deixara cair no vazio, não passava de um ruído de fundo, bem distante da mordida das frases que arrancam a pele até que sangre a escritura.

Eu conhecia bem aquele tipo de hotel-residência fantasiado de palácio. Centenas de apartamentos de todos os preços, previamente vendidos e cuja realização era garantida por um banco. Esse tipo de especulação, que permite que se ganhem milhões antes de comprar o primeiro tijolo, já se tornou uma prática universal. Só que aqui eles nem se davam ao trabalho de mudar o projeto. A diferença entre uma torre e outra era o aluguel. O preço variava conforme a localização, o número de botões dourados no uniforme dos funcionários, o catálogo de serviços íntimos – a opção de combinações entre mulheres, homens e crianças era um ponto de qualidade determinante que, naturalmente, influía no prestígio do estabelecimento. De resto, era o mesmo salão no térreo, com poltronas, chá à vontade e a mesinha com jornais; para os quais eu corria desde cedo, antes que os idosos, hóspedes fixos, chegassem para babar em cima até o meio-dia.

Eu sempre pegava o mesmo jornal. Já tinha percorrido todos eles, e os demais não valiam nem uma olhada. Mesmo do meu, tirando as páginas de economia e os anúncios, já não sobrava grande coisa, mas era o único jornal diário que trazia notícias internacionais e algumas boas críticas culturais. Me embrenhar na leitura de uma língua tão diferente da minha, descobrir e aprender uma palavra nova era minha alegria matinal. Com o passar do tempo, levantar cedo para ainda encontrar o jornal intacto se tornara um hábito a que parecia impossível renunciar. Assim como é, para algumas pessoas, o café da manhã. Para os italianos, por exemplo – tente encontrar algum que seja capaz de dar bom dia sem antes ter tomado o seu expresso. Para mim, era o jornal, e não qualquer jornal, tinha de ser aquele. Eu não lia tudo mas, considerando-se a dificuldade de decifrá-lo, não levava menos de uma hora, às vezes uma hora e meia de leitura. Nesse caso, mantinha um olho atento na porta do elevador. Não tenho nada contra aposentados, neste país ou em qualquer outro lugar. Eu só não gostava que se sentassem atrás de mim, encarando-me como se eu fosse um ladrão de jornal. Eu caía fora antes disso. Não havia nenhum risco, era praticamente impossível vê-los no hall antes das dez para as nove. Os que desciam antes disso não estavam nem aí para os jornais, era o pessoal do "serviço íntimo" ou algum mergulhador apressado. De modo que eu tinha todo o tempo do mundo e um cinzeiro do meu lado.

Naquela manhã havia num trecho chave uma frase que eu não conseguia decifrar. A matéria vinha assinada por um editorialista que eu muito apreciava por causa de seu senso de humor. O problema é que basta um duplo sentido ou um fraseado meio empolado para o estrangeiro ficar perdido. Era desagradável.

Jornal na mão, estava para pedir ajuda no balcão, quando uma mancha branca surgiu no hall e foi direto para os jornais do dia. Eu ainda não tinha escutado o ronco da porta do elevador, era muito cedo para atentar para isso. Aí estava algo muito mais desagradável que uma frase incompreensível.

Não estava entendendo nada da explicação do homem, minha atenção estava focada no movimento em torno da mesinha em que ela procurava algo, aparentemente sem encontrar. Por fim, virou-se para mim. Fingi escutar o recepcionista, e então voltei tranquilamente para o meu lugar. Ela estava em pé, um metro à minha frente, eu via suas mãos se virarem uma na outra, os dedos torcidos.

Eu continuei a ler.

– Você vai demorar?

– Como?

Os olhos, ah se eu tivesse o dom das palavras para poder dizer o que eram aqueles olhos naquele momento. Por isso é que eu não enxergava o seu rosto, os olhos não me deixavam.

– Você entendeu.

– Você falou bom dia, é isso?

– Não, eu perguntei se você ainda vai demorar para ler o jornal.

Bingo. Que maravilhosa oportunidade de lhe cuspir na cara tudo o que eu remoera, andando em círculos, no dia anterior. Ali estava ela, na minha frente, e eu tinha exatamente aquilo que ela queria. Desta vez não era uma manga de supermercado. O jornal era meu. "Venha buscá-lo, vamos, tente tirá-lo de mim e saia cuspindo veneno pelos olhos como você sabe fazer tão bem. Dona, a senhora está frita, além de ser mal-educada, sabia? Não? Então tá, eu vou lhe contar: a senhora é feia que nem larva mal trepada. Ficou melhor assim? E não faça de conta que vai pegar sua carteira de meganha porque não há no mundo meganha mais desajeitada e antipática. Você não passa de uma pobre mulher azeda que tem o azar de ler o mesmo jornal que eu. Só isso, dona. O quê, um machão babaca, eu? Puxa, só faltava essa. Será que o seu cerebrozinho permite, num só instante de esforço, que se pergunte com quem está lidando, quem sou eu, de onde venho e por quê? Principalmente por quê. É pedir demais? OK, compreendo, desculpe-me e vamos começar tudo de novo."

Mas, em vez disso, me armei de coragem para perguntar:

– Como é o seu nome?

Ainda não faço ideia de por que perguntei o nome dela. O momento era inoportuno, e a pergunta, boba o suficiente para desconcertá-la por um instante. Ela recuou um passo, decerto se perguntava se eu estava zoando com a cara dela ou se simplesmente era meio pancada. Súbito, seu olhar quase que assumiu um aspecto humano. O que me machucou mais ainda. Um idiota. Eu já nem merecia seu desprezo natural.

– Você sabe ler?

Um tabefe teria surtido menos efeito. Ruborizei-me e detestei a mim mesmo.

– Quero dizer, claro, você consegue ler nesta língua?

Eu me sentia tão ofendido que não encontrava palavras para retrucar. Tinha a impressão de que tudo que saísse de minha boca só iria reforçar a imagem não muito digna que ela estava criando a meu respeito. Isso era coisa para se perguntar? Se eu estava com o jornal aberto só podia ser para ler. O que ela queria insinuar? Será que pelo menos tinha consciência do que estava dizendo? Sua inteligência decerto não era das mais afiadas, mas isso não lhe dava o direito de se dirigir daquela maneira a um desconhecido. Responder seria me rebaixar ao nível dela, mas o silêncio não ajudava a melhorar a situação, com as minhas malditas faces em brasa. Que raiva.

– Você se acha engraçada com essas insinuações?

– Que insinuações?

– Repare que isso aqui – eu sacudia o jornal sem mais me conter – não é nenhum gibi.

– E daí?

– Como assim "e daí", você está me achando com cara de quem não tem nada melhor para fazer que levantar de manhã para fingir que está lendo?
– Não estou achando nada. Não queira nem imaginar o quanto estou me lixando para você e para todo o mundo. E fique sabendo que conheci um bocado de idiotas estrangeiros que não conseguem ler uma palavra e mesmo assim pegam o jornal por puro hábito, e eles se descontrolam igualzinho a você. E, também, que ideia é essa de perguntar o meu nome?
Senti minhas faces amornando, já estavam ficando apresentáveis. Eu gostava mais dela assim, viperina.
– É mesmo, você ainda não respondeu.
– Vai te catar.
Pensei que ela fosse me arrancar o jornal da mão e me dar às costas. Seus olhos emanavam a mesma aversão de quando ela se mandara com a minha manga. Infelizmente, para ela, o elevador estava lá em cima e eu fiquei curtindo sua impaciência. O fato de sermos vizinhos também me causava um estranho prazer. Um frêmito que, no fundo, não dava para negar, tinha um certo sabor de masoquismo.
Os funcionários, evidentemente, não tinham perdido nada da cena mas, fiéis aos seus costumes, não deixavam transparecer. Fingi que voltava à minha leitura enquanto fazia uma avaliação precisa dos fatos. Verdade é que no final eu tinha me recuperado bem. Ainda assim, o balanço não me era favorável. Eu tinha enrubescido, e isso era imperdoável. Aquela mulher não passava de uma grossa e, ainda por cima, histérica. E posto que não costumava mentir para mim mesmo, principalmente quando fingia estar lendo o jornal, força era reconhecer minha falta de jeito. Minha vontade era de ser cortante com ela, e no entanto estivera a ponto de passar por maluco. Eu lidava mal com a situação, e o problema, no fundo, era que eu não sabia por que dava tanta importância àquela história. Tédio, provavelmente.

Seguramente. É impressionante as histórias que a gente é capaz de inventar quando o tédio toma conta. Era possível que, como estrangeiro crônico, eu desse a essa palavra um sentido que não lhe coubesse de fato. Experimentei algumas outras para definir esses momentos em que precisamos a todo custo de um pretexto para continuar em pé. Mas descartei uma por uma, como deve ser feito quando nos prendemos a sinônimos. Não saberia justificar senão pelo tédio certos comportamentos que não têm explicação. Em mim, o tédio não assume necessariamente uma conotação negativa, como é tantas vezes o caso. Já me embebedei com ele várias vezes, e posso garantir que ele é mais interessante do que comumente se acredita. Se não poderia ser indistintamente chamado de irritação, solidão, chateação, mas então teríamos uma mísera redução de causa a efeito, e é nesse ponto que me afasto do sentido comum da palavra. O tédio faz parte da natureza humana, tanto quanto o amor e o ódio. É um componente de vital importância para o sistema imunológico, como são a necessidade de sono e a sensação de dor física. O tédio é como um hormônio que entra em atividade diante de uma ameaça maior. Não é responsável pela forma como o sujeito reage a esse apelo. Posso reconhecer facilmente que as iniciativas mais importantes da minha vida foram inconscientemente tomadas por impulso do tédio. Isso pode levar a imprudências, mas será culpa do tédio se a reação instintiva humana entra em conflito com as normas de um sistema social que ela a princípio desconhece? O indivíduo ainda receptivo aos sinais de alarme naturalmente se arrisca a agir e assume as consequências. De qualquer modo, não lhe resta alternativa se não morrer ali mesmo. Feito um vegetal, que não sabe o que é o tédio, desconhece o tempo de uma estação, e jamais irá sentir náuseas. Felizes são os vegetais, mas há que nascer vegetal. Por mim, vejo-me muito bem como cenoura, banana, pepino também. Ser engolido inteiro, que sonho. Fazer o quê, a natureza quis diferente, e eu tento conviver com isso.

Mas, voltando ao tédio, e antes que pareça que estou lhe tecendo loas só para encher de sentido uma existência vazia, só posso lhe ser grato pelas inúmeras vezes em que me salvou a vida à minha própria revelia. Graças a ele eu podia bater boca com uma mocreia que queria pegar meu jornal e continuar livre para me deixar devorar por um tubarão que eu mesmo escolhesse. Admito, sendo muito compreensível essa má fama do tédio, que é preciso ser um tremendo buscador para conseguir detectar seus benefícios e apreciá-lo. Mas, do mesmo modo, acaso gostamos da febre ou da dor, embora elas previnam o pior? Aliás, eu mesmo levei muito tempo, para não dizer a vida inteira, para apreciá-lo no seu justo valor. Depois de certas experiências decisivas, tornei-me quase apto a pressentir as coisas trazidas por essa espécie de febre latente que é o tédio. Era quando começava a desconfiar e a olhar de soslaio para a mochila ao lado da entrada. A fuga.

Não foi nesse estado de espírito, porém, que naquela manhã dobrei cuidadosamente o jornal e voltei para o meu apartamento. Sentia-me seguro, e o que me parecia importante naquele momento era saber mais sobre a natureza daquela mulher, além de esquecer aquele sonho do qual algumas imagens insistiam em voltar.

Passei o dia fazendo faxina no apartamento. Não era necessário, já que estava tudo impecável desde a minha chegada, mas eu precisava me ocupar e assim tinha uma boa desculpa para dar umas idas ao supermercado. Não que eu comprasse, de propósito, um produto de cada vez, mas era possível que aqueles esquecimentos ocultassem uma secreta esperança de encontrá-la. Mas, enfim, pus um ponto final no frenesi de limpeza antes de me aventurar pelas vidraças.

Foi em vão. Eu tinha de descobrir de qualquer maneira quem era aquela mulher. Dado o seu domínio da língua, ela devia estar há muito tempo no país. De onde ela vinha, e qual o motivo daquele jeito inaceitável de lidar com os outros? Uma louca – está aí outra palavra mágica que explica tudo o que nos escapa. Era exatamente o que ela tinha pensado de mim, "o maluco do jornal". Não era meu estilo interrogar os funcionários. Eram corrompíveis como são em qualquer lugar, mas eu não tinha entendido o ritual obrigatório de estender uma cédula. Sem contar que eu acabara de chegar, e isso teria sido uma gafe prejudicial. Ela não era da polícia. Quanto a isso, eu não tinha a menor dúvida. Embora não existam mais sinais confiáveis para identificar policiais, ela já estava na cidade antes da minha chegada, além de que eu não percebia a utilidade de um disfarce tão extravagante. A hipótese era tão improvável que nem me dei ao trabalho de olhar para a minha mochila, que, como sempre, estava bem à vista e pronta para partir.

Eu, que em geral sou tão afeito a analisar todas as coisas, não me preocupei em saber por que naquela circunstância eu descartava a princípio a possibilidade de uma mulher policial. Mas, então, o que tanto me interessava nela? Pergunta a que era incapaz de responder. Estava tomado por um irresistível desejo de machucá-la, só isso. Será que era tão orgulhoso a ponto de me sentir depreciado por um simples olhar, por mais desprezo que ele mostrasse? Já não bastavam as minhas questões essenciais, ainda tinha de inventar outras de preocupante futilidade? Eu estava plenamente consciente tanto da minha tolice como dos frêmitos causados por lhe ceder. Sim, confesso que naquele momento eu teria colocado em jogo minha própria segurança pelo prazer de ver aquela mulher aos meus pés, os olhos fora de funcionamento, mostrando, afinal, seu rosto desnudo para que eu pudesse guardá-lo na memória, remodelá-lo à vontade, maquiá-lo com uma camada de ternura! Nada poderia ser mais cruel para uma mulher daquele tipo. Um muxoxo de ternura naquele rosto que revelava uma tristeza terrível. Eu não lhe concedia sequer o direito ao gosto amargo da humilhação, que lhe permitiria recomeçar do zero num outro papel. Eu queria deixá-la com o vazio e sem nada à mão para poder preenchê-lo.

Acendia um cigarro atrás do outro, matutando sobre como conseguiria acabar com aquela mulher. Imaginava uma sequência de cenas – como se não tivesse feito esses joguinhos a vida inteira – e, o que não me desagradava, sentia-me bem capaz de passar para a ação e ser bem-sucedido. O mórbido prazer de uma incursão planejada na crueldade gratuita. Só por um instante, pelo tempo de ver o que acontece e então, sem sequelas, voltar à normalidade. O que me motivava não era um ato banal de sadismo, e sim a ideia demente de realizar uma obra sem, no entanto, pôr os dedos no teclado. A escrita seria apenas mais uma sublimação do inconfessável. Ao passo que assim eu estaria agindo, oferecendo à vida real um corpo e uma alma nos quais se pudesse cuspir. E não mais um livro ruim para se fechar.

Estava aí um argumento que banalizava qualquer incitação a correr atrás das personagens de uma história que não existia. Encantado com a genialidade do meu achado, dei-me ao luxo de pensar com carinho na inoportuna aparição de Z. com sua caneta roída.

Pela primeira vez, não estava arrependido de ter mudado de cidade. Esse lugar me fazia bem, talvez devido à quente claridade que inundava o apartamento e me aguçava os sentidos. Com exceção do quarto que, apesar da janela bem localizada, se mantinha o dia inteiro estranhamente sombrio. Decerto por causa do armário de madeira escura que ocupava uma parede inteira, ou era só uma impressão. Mas, enfim, eu só entrava no quarto para dormir.

Me dei conta de que já era tarde. Mesmo sem nenhum compromisso a cumprir, sendo dia e noite dono do meu tempo, eu me impunha alguns horários. De repente, sentia-me como um empregado tendo de sair da festa e voltar para casa com a sensação de ter falado bobagem. Aos poucos, comecei a achar um abuso aquela minha forma de me comprazer. A preocupação com uma ilusão de originalidade sobre as minhas ideias vinha abrindo caminho, dava o tom para a droga de ladainha que eu enfiara na cabeça. Eu não descartava a possibilidade de estar, no fundo, tirando aquilo tudo de uma experiência passada com os papéis invertidos e de que aqueles sentimentos não passassem de um inconsciente impulso de revanche. Verdade é que eu próprio já cumprira amplamente o papel de idiota, mas nunca a ponto de me sentir tão exaurido pela sensação de derrota. Eu desconfiava de que topara com uma pessoa capaz de me deixar no ponto e executar em mim o que eu acabava de conceber. Porém, por culpa das más companhias especialistas em psicologia, eu pegara o vício de desconfiar do meu próprio cérebro. Por mais que revirasse a situação por todos os ângulos, a eventualidade de que eu estivesse apenas executando uma gasta sacanagem começava a se tornar inaceitável.

Com a chegada do fim da tarde, a preocupação ia aumentando. De repente, senti vergonha de ter bolado aquele plano. Também lamentei a inexplicável associação entre o sonho da noite anterior e os sentimentos hostis que aquela mulher me provocava. Não sabia em que momento e por que motivo as duas coisas tinham se misturado na minha cabeça. Tinha o sentimento, que não era um sentimento mas só uma sensação, de querer a todo custo dar àquele vulto que me deixara cair no vácuo do meu sonho um rosto pálido de mulher. É bem possível que naquele momento eu não tivesse consciência das minhas transposições. O certo é que eu evitava me aproximar da cama por medo de desabar mais uma vez em queda livre e ter de me agarrar, não mais a um vulto, mas a uma mocreia branca de feições inventadas. Mais uma desculpa para justificar certo desejo de perversão, um ressentimento que agora me parecia cada vez mais mesquinho. Se tivesse algum sonífero à mão eu o teria tomado. Mesmo sem ter certeza de que esse tipo de remédio impeça de sonhar. Precisei me xingar de idiota em alto e bom som antes de finalmente me animar a ir para a cama.

Dormi um sono pesado até o primeiro clarão do dia, quando pulei da cama e abri as cortinas de par em par. O sol que apontava entre dois prédios anunciava um dia sem chuva. Eu estava em forma. Com o apito da chaleira, lembrei das elucubrações do dia anterior e caçoei frouxamente de mim mesmo. Ao mesmo tempo, rechaçava um vago sentimento de culpa por ter tido pensamentos não muito amáveis em relação àquela mulher. Restava o problema do jornal, e eu resolvi descer uns quinze minutos antes do meu horário habitual. Excesso de cautela, vai ver eu estava transformando em hábito o que não passava de pura coincidência. Aliás, era muito possível que eu não tornasse a vê-la, e, também, será que era razoável estragar a vida por causa de um jornal? Branca que nem larva, ela talvez tivesse uma doença de pele, e eu, grosso, chamando-a de larva. Verdade é que ela não tinha sido muito legal comigo. E daí? Eu, que nunca tinha dado grande importância à polidez de fachada, queria agora que ela dissesse: "Bom dia, que maravilhosa coincidência, você lê o mesmo jornal que eu. Que engraçado, não é? Não se incomodaria de me emprestar a página da coluna social?"

Nojento.

Enquanto tecia essas reflexões, tomei rapidamente o meu chá para descer uns quinze minutos mais cedo.

8

Fechei a porta ao sair e passei depressa pelo corredor respirando pela boca. Já tinha se tornado um hábito, em qualquer ponto daquele país, sair do meu apartamento e ir até o hall tampando o nariz. Os produtos de limpeza à base de essência de lótus eram uma mania nacional. Faziam tal uso deles que, depois da faxina, era preciso pelo menos metade do dia para o ar voltar a ser respirável. Esse eflúvio adocicado, que por muito tempo tive de aguentar inclusive dentro do apartamento, me revolvia o estômago. No início, pensei que poderia fugir do lótus mudando de endereço. Que nada, ele me acompanhava por toda parte. Não adiantava mencionar na recepção, antes mesmo de me registrar, minha terrível alergia a desodorizantes. Isso nunca impedira a regular poluição dos meus aposentos. Apelando para a bondade das faxineiras, eu tinha, então, confeccionado um simpático cartazinho capaz de comover até um analfabeto. Por mais que eu o enfeitasse e o multiplicasse, era persistentemente ignorado. Só uma vigilância constante, às vezes acompanhada de intervenções imperiosas, conseguia me salvar da flor de lótus. Para isso eu tinha de organizar minha agenda em função dos horários do pessoal da limpeza. Aquilo se tornou uma fobia, era difícil manter uma vigilância permanente.

Meu amigo da banca de revistas foi quem, afinal, resolveu meu problema. Eu o tinha convidado para jantar. Enquanto eu mexia o molho de tomates, ele reparou no cartaz que, devido aos sucessivos retoques, mais parecia um borrão de arte moderna do que um aviso pessoal. Ele me pediu uma caneta e acrescentou uma palavra. Dias depois, dei-me conta de que aquela grosseira intrusão da esferográfica no meu desenho de fato dera um fim à perseguição do lótus. Quebrei a cabeça para decifrar o que ele tinha escrito. Não se tratava sequer de uma palavra precisa; uma simples interjeição espatifada no meio do cartaz é que tinha operado o milagre.

Representava um som aspirado entre duas frases. O que para mim até então não passava de um tique oral do país que adquiria de repente uma importância vital. Aprendi a ler e a aspirar esse som e, embora a lexicologia ainda me escapasse, passei a examinar constantemente meu cartazinho fetiche que, nesse meio-tempo, mandei plastificar. Não perdia uma oportunidade de tentar descobrir o misterioso poder daquela palavra. Mas, de acordo com o contexto ou o tom de voz, o mesmo som cobria um campo expressivo tão amplo e contraditório que a cada vez eu chegava a uma interpretação diferente. Aquilo me ocupava os neurônios a tal ponto que me impedia de escrever o que quer que fosse sobre o país, já que me era vetado o sentido profundo da palavra que traduzia sua essência. Passei a escutá-la o tempo todo. Acompanhava as conversas alheias, sempre na esperança de encontrar para ela uma conotação definida. Nada. Deparava com ela em tudo que é tipo de formato, e o efeito que causava era sempre decisivo em qualquer situação. Por muito tempo aqueles três sinais não passaram para mim de um desenho abstrato no qual se pode enxergar qualquer coisa. Isso foi no começo. Precisei mudar de pele, uma estação depois da outra, para compreender afinal a autoridade intrínseca de um som articulado e escrito, que no fundo não tem nenhum significado preciso e, justamente por isso, é aprovado por todo mundo.

Seja como for, fora do alcance do meu cartazinho a essência da flor de lótus reinava soberana. O pior era no elevador. Logo de manhã, o produto recém-espalhado me retorcia as tripas mesmo que eu descesse em apneia.

Quatorze andares. Eu me ejetei da cabine antes mesmo da abertura completa das portas. O ar-condicionado do hall congelou os meus brônquios. Os jornais estavam intactos. Apoderei-me do meu antes de me servir uma xícara de chá de jasmim. Tomei a metade de pé, na frente da máquina, tornei a encher a xícara e fui me acomodar. A única mesa provida de um cinzeiro e com vista para o elevador era a do dia anterior. A sala era só minha. Com um cigarro apagado na boca, demorei-me nas manchetes mais do que de costume. Assim que localizava uma matéria que parecia interessante, esquecia o número da página enquanto folheava o jornal e tinha de voltar para a primeira. Minha atenção estava grudada no elevador. Não conseguia tirar os olhos dele. Já extrapolara, e muito, a hora costumeira de leitura e ainda não tinha acendido o cigarro. Minha xícara estava vazia, a sala também. Meu jornal preferido, o pequeno prazer cotidiano, de súbito já não passava de um papel mal impresso que só servia para sujar as mãos.

Eram quase nove horas quando dobrei cuidadosamente o jornal e o guardei de volta junto com os outros.

Esqueci de inspirar antes, e a subida foi um suplício. Sem fôlego, ao chegar no meu andar me enchi de oxigênio e lótus. Incomodado por um vago sentimento de decepção, andava a passos miúdos pelo corredor deserto. Meu apartamento era o da penúltima porta à esquerda. Uma distância a se transpor em três saltos, mas que dessa vez eu estava esticando, com a mente ainda no hall. Pensando nos minutos que eu ainda poderia ter passado nas páginas de cultura – como se eu pudesse estar perdendo alguma coisa – em vez de voltar para aquela limpeza nojenta e aceitar o abandono de um dia qualquer. Arrastando o olhar pelo cenário sem vida de mais um corredor entre as centenas pelos quais já passara, sempre correndo, respirava de pouquinho a odiada fragrância. No fundo, aquilo não era a morte, apenas um aroma que eu decerto transformava em obsessão. Assim que foi formulado, esse pensamento ricocheteou na minha cabeça. Eu sempre fugira da flor de lótus, a ponto de nutrir sentimentos sádicos pelos fabricantes e usuários daquela substância asquerosa. De onde vinha aquela repentina tolerância? Não era a melhor coisa começar o dia com preocupações desse tipo. Melhor correr até a praia, me jogar na água e nadar direto para cima de um tubarão.

Em vez disso, detive-me diante de uma aquarela que representava uma mulher semicoberta de flores de lótus. Era uma dessas pinturas insignificantes que supostamente quebram a monotonia dos corredores. Com a ponta do dedo, afastei o quadro da parede. A luminosidade levou o pânico a um ninho de baratas abrigado atrás dele. Era uma família grande. Antenas desfraldadas, as adultas quedavam-se imóveis enquanto as pequenas corriam para todo lado. Fascinado com aquela subversão da asséptica ordem local, permaneci alguns instantes observando a reação primária dos bichos.

A voz neutra de um funcionário me sobressaltou.

– Quando os pescados estão no poder – dizia ele – as baratas são nobres adversários.

A essas palavras, tirei a mão do quadro e a escondi maquinalmente no bolso. Enquanto o homenzinho, curvado sob o peso de uma caixa de ferramentas, abria caminho rumo a sua tarefa seguinte sem se dignar a me dar um olhar sequer. Logo seria apenas mais uma sombra em meio a tantas outras que davam duro dia e noite nesses hotéis-residências construídos em série. A mulher da flor de lótus tinha um sorriso obsceno e um olhar apagado. Guardiã das baratas.

Quando os pescados estão no poder... entrei às pressas no meu quarto e afundei a cabeça nas almofadas para abafar o som dessas palavras pelas quais me sentia visado. Um homenzinho e uma frase lançada no ar eram o que bastava para me mergulhar numa incompreensível inquietude. As pessoas aqui raramente expressam seus sentimentos, e quando o fazem é sempre para desfechar uma sentença sem apelação. Existem também outras verdades zanzando nesses países. Nem mortas nem vivas, são difíceis de detectar. Passam rente às paredes, como aqueles que as invocam. Uma verdade é igual a um bocejo, não pergunta nada e todo mundo tem direito a ela. Quando muito, nos arriscamos a deslocar a mandíbula.

O risco é bem maior quando uma verdade cai em cima de um desses ocidentais destrambelhados que pretendem impor sua razão a todo mundo. A sobrecarga é, então, insustentável, a verdade não tem como se adaptar a esse tipo de delírio barato. Pode-se pedir qualquer coisa a uma verdade, inclusive que nos convença de que estamos errados e de que ela não passa de uma mentirosa deslavada. Ela talvez não entenda, mas faz o que a gente manda. Mas se quisermos matá-la, basta insinuar que ela se parece com outra e poderia servir igualmente ao nosso maior adversário. Quanto a mim, pensando bem, prefiro andar rente às paredes e contar os bocejos. Mas se aquele homem sentira necessidade de me cuspir uma verdade, decerto não tinha sido só para me deslocar a mandíbula. A verdade me intimida quando penso sozinho. Não me atrevo a dizer palavra.

Aquele povo me escondia alguma coisa. Nunca me deixava penetrar no seu silêncio. "Ninguém chamou você aqui", pareciam dizer seus olhares esquivos. Então, quando voltava a cruzar com eles no dia seguinte, me estendiam um tapete vermelho com esses gestos ligeiros e precisos que os tornam ainda mais frios, enquanto eu quebrava a cabeça com suas palavras destiladas a conta-gotas. Mas o que tanto será que eles urdiam, entrincheirados o tempo todo em seu distanciamento?

Passei boa parte da manhã divagando acerca da verdade e de seu não fundamento. Isso me ajudava, e continua me ajudando a acalmar a ansiedade. Eu nunca hei de deixar de me entregar a questões estéreis. Mas, nesse tempo todo sem fazer nada o dia inteiro, aprendi pelo menos a reconhecer as verdades descomplicadas. Eu, em geral, as ignoro, pois não raro só choramingam, como aqueles que teimam em conservá-las.

Quanto às anedotas sobre as verdades últimas sem filosofia, tinha recentemente deparado com uma num boteco mal-afamado. Foi num dia em que eu esticava uma cerveja enquanto observava o voo agitado das moscas. No balcão, uma mulher de cabelo oleoso espreitava as baratas que passeavam pelas paredes enquanto um homem, de cigarro no bico, fazia tilintar um fliperama. Uma cena sem brilho que, decerto em função da solidão, ou talvez do torpor, adquiria aos meus olhos um tom comovente. Da minha mesa, eu contemplava o homem, a mulher, as paredes e as baratas, e aquilo tinha para mim todo o jeito de uma pequena grande verdade de subúrbio. Eu estava, assim, dando um tempo enquanto esperava que aparecesse um táxi-triciclo para me tirar dali, quando o homem de repente deu um grito abafado e desabou com a cara em cima do cigarro apagado. A mulher acorreu para erguê-lo. Sem me afobar, levantei-me também para dar uma mão até que chegassem os socorros. Finalmente, os enfermeiros enfiaram o homem, minha quarta parte de verdade, cardíaco, já mais morto que vivo, na ambulância. A mulher, cuja voz eu ainda não escutara, queria acompanhá-lo. Foi quando o moribundo abriu um olho e disse que preferia que ela não fosse, pois não havia nada que ela pudesse fazer e sua presença seria até incômoda para ele. Como a mulher não se mexesse, ele abriu o outro olho e ordenou secamente que ela contasse, sem nenhum erro, quantas baratas havia no boteco, diferenciando machos e fêmeas. Por fim, os enfermeiros fecharam a porta e arrancaram. Ela ficou olhando a poeira com uma pergunta suspensa entre os lábios, e eu a segui até o boteco. Aqui, vou poupar os leitores dos dissabores de um homem sem verdade, esquentando sua latinha de cerveja e conversando com o que restou de uma verdade praticamente indescritível cujos argumentos ninguém, afora as baratas mais implicadas, iria querer ou conseguir acompanhar.

Preocupada em cumprir sua tarefa, a mulher chorava em silêncio. Nada ainda do táxi-triciclo. Eu então lhe expliquei, sob o voo frenético das moscas, que as baratas fêmeas geralmente têm o ventre branco por causa dos ovos, se deslocam mais devagar que os machos e, principalmente, nunca em linha reta. Embora a natureza lhes permitisse se introduzirem em qualquer lugar sem serem vistas, também sugeri um atalho matemático para calcular o número de bichos de cada ninho inacessível. Que ela podia localizar através do cheiro e do ruído. Depois, era só somar a intensidade desses dois fatores e multiplicar o resultado pela superfície do esconderijo. Não era um cálculo superpreciso, claro, mas eu teria apostado nele, com uma margem de mil para mais ou para menos. A mulher foi repetindo minhas palavras, uma por uma, e por fim mordeu um dedo enquanto me olhava de soslaio. Mais sossegada, pois com aquele sotaque eu não podia ser um inspetor sanitário se fazendo de louco, ela abriu para mim uma cerveja holandesa que, a julgar pelo estado do rótulo, já não passava de água suja. Então me disse, meneando a cabeça: "A matemática é a única verdade, meu senhor, o resto não passa de política, o que é muito pior que as baratas".

Em seguida, ela pôs mãos à obra, arredando os móveis enquanto cantarolava uma musiquinha em voga no país. Não demorou para que, em seu boteco, eu já não contasse mais que um cocô de mosca. Queria ir embora mas não me resolvia a sair, ficava olhando a mulher, que contava alegremente. "Ele é engraçado, meio bobo", escutei-a cantarolar. Não era claro se estava se referindo a mim ou a alguma das baratas. Mergulhei numa longa reflexão. Ao voltar a mim, percebi um olhar não exatamente afável, o bom humor dela tinha azedado. Portanto, era eu mesmo o sujeito de sua apreciação. Não a teria julgado capaz de uma coisa dessas. Tamanha ingratidão era insuportável. É nisso que dá esbanjar verdades com o povinho. Sorte demais acaba confundindo prazer com ambição.

Voltei para a rua, decepcionado. O que eu teria feito para aquela mulher me chamar de bobo? Quando fico nervoso, meu senso de orientação nega fogo. Não achava o caminho, mas não deixei de reparar nos sorrisos maliciosos das pessoas que me flagravam falando sozinho. Isso me deixou ainda mais furioso. Já bastavam as tantas extravagâncias que eu tinha para administrar, não queria acrescentar mais uma por causa de uma besteira daquelas.

Fui andando a esmo, perguntando-me se essas "verdades" domésticas não seriam apenas um efeito alucinatório colateral do meu isolamento. Era uma possibilidade bastante angustiante, mas por sorte lembrei, em seguida, que o cardíaco também tinha falado em baratas com a mulherzinha de cabelo oleoso. Embora aquela coisa de recensear baratas não fosse lá um bom sinal das condições mentais do homem.

Enfim, o fato é que desde que começou minha fuga tenho sempre de provar a mim mesmo que a minha cabeça continua no lugar. Nunca ansiei por equilíbrio e sabedoria, longe disso. Ainda assim, pretendo conhecer a zona de atuação dos meus delírios e faço questão de mantê-los fora de minha única atividade, a única que, em troca de alguma atenção, me mantém em liberdade.

A noite já estava bem avançada quando finalmente resolvi sair do apartamento. Tinha passado o dia recriando o mundo e, no fim, esse mundo já não passava de um cemitério. Enquanto isso, apagava raivosamente várias páginas de anotações arquivadas no computador, errava o ponto de cozimento de uma costeleta de porco ao mel apimentado e, para coroar, descobria que minha nádega direita estava para dar à luz mais um furúnculo. Se tiver um, vai acabar tendo seis, um médico me dissera. Eu estava no quarto.

O bufê do primeiro andar não havia de ser mais insosso que o dos outros hotéis. Eu precisava compensar a cerveja e não estava com a menor vontade de enfrentar a cidade. O refeitório, amplo e praticamente vazio, estava banhado numa luz azulada. Já dava para ver o fundo dos recipientes de frituras e sopas enfileirados no self-service. Um homem de orelhas coladas cabeceava no caixa. Estava pegando minha carteira quando meu olhar deparou com ela. Branca feito lua no deserto, o copo de uísque entre as mãos, olhava fixamente para a cadeira vazia à sua frente. Ziguezagueando por entre as mesas, dirigi-me para um ponto de observação discreto. Tão logo fiquei de frente para ela, um estremecimento lembrou-me de imediato a queda livre de meu pesadelo. Seu rosto tinha uma palidez impressionante. Nenhum piscar de olhos, nenhum gesto ou suspiro, não havia nada nela que evocasse a vida. Um rosto que não era de assassino ou de vítima, mas era bem capaz de assistir à morte sem piscar. Parecia uma alienada em convalescência.

As coxas de rã empanadas esfriavam no meu prato, e ela ainda não percebera a minha presença. Eu odiava aquela mulher. Queria arrancá-la à sua catalepsia e jogá-la na vida fedida feito larva arrancada do casulo. Vontade de machucá-la.

Ostensivamente, levei minha bandeja para outra mesa, tilintando os talheres de propósito, e interpelei o caixa em voz alta com uma desculpa qualquer. Estávamos agora tão próximos um do outro que eu poderia ouvir seus pensamentos, se é que ela tinha algum. Ainda assim, minhas manobras todas para chamar sua atenção não lograram nenhuma reação. Ela continuava alheia. Aquele olhar voltado para dentro me intrigava além da conta. Eu queria saber, mergulhar em seu abismo a fim de profanar, um por um, todos os seus mistérios e, finalmente, me acomodar, com minha cadeira e as coxinhas de rã, em seu mais secreto refúgio. Era um direito que eu tinha, ela havia roubado minha manga. Ela me ignorava.

O refeitório estava ficando vazio. Eu já estava a ponto de fugir, quando ela levantou o copo e umedeceu os lábios. Uísque sem gelo. O gesto me soou como concessão. Sua expressão se

suavizou. Algo parecido com um sorriso iluminou seus olhos por um instante. O meu boa noite saiu sozinho.
Ela deu um tempo antes de me encarar.
— O que foi, quer uma foto minha?
— Seria um prazer — gaguejei, as faces em brasa —, mas estou sem câmera.
— Sem câmera... O que você quer comigo, afinal?
Que humilhação. Naquele momento, teria feito qualquer coisa para cobrir o vexame da minha vermelhidão sob a máscara de cinismo que, sozinho, eu sabia tão bem adotar. Mas ali, para me ajudar a manter a compostura, só tinha à mão uma coxinha de rã para desossar às pressas.
— Só estou dando boa noite, dona. Essa recusa em retribuir meu cumprimento é um tratamento de cortesia que você usa com todo mundo ou é uma questão pessoal?
— Incrível, até o desprezo serve para uma pessoa se achar especial. Lamento, mas a única diferença entre você e os outros todos que vêm babar por aqui é só uma infeliz coincidência de horário.
— E se a gente resolvesse esse probleminha de uma vez por todas?
— O quê?
— Sim, basta cada um dizer quais são seus horários, aí a gente poderia se evitar soberanamente.
Eu esperava uma estocada. Em vez disso, ela primeiro me observou insistentemente, então esvaziou o copo de um gole e se levantou.
— Boa noite, rapaz — disse ela, com a voz cortante de sempre, enquanto sua máscara esboçava uma expressão quase humana.

9

No dia seguinte, acordei cedo e bem disposto. Dormira oito horas seguidas sem que nenhum sonho ruim viesse perturbar meu sono. Ter encontrado com aquela mulher na noite anterior decerto tinha algo a ver com isso. Apesar de certa falta de jeito na abordagem, eu saíra da cafeteria com a nítida sensação de ter finalmente penetrado a primeira camada de um mistério. Pela primeira vez, não sucumbira ao seu olhar e agora meus vaticínios pelo menos tinham um rosto. De modo que eu podia dormir tranquilo, pois perceberia a aproximação de uma figura assim nem que fosse dos porões do inferno. Embora ela não me lembrasse nem um diabo nem um fantasma, já que isso supõe alguma emoção. Áurea era um sopro antigo congelado no ar.

Nos dias seguintes, comecei a sentir a agitação febril que antecede a escrita, sem, no entanto, ter consciência disso. Adiava com mil desculpas a hora de sentar-me à escrivaninha. Por isso, não eram raros os momentos que eu confundia minhas estranhices com claros sintomas de loucura, ficando, então, com pena de mim mesmo a ponto de chorar. Arrasado de vergonha, pensava nas minhas filhas em Paris e nos meus amigos mais caros. Eles tinham visto ir embora um pai e um homem para talvez um dia verem voltar um esquizofrênico. No mais das vezes, porém, eu encontrava argumentos mais razoáveis para justificar minha preguiça. A solidão, o exílio, o tédio das horas por contar, em tais condições de vida não era fatal que eu povoasse minha existência de fantasmas? Verdade é que isso tudo, com o tempo, é capaz de desestabilizar seriamente um homem, mas eu não fora feito para viver assim por muito tempo. Era só uma fase ruim, logo estaria de volta a Paris e aquilo tudo seria apenas memória. Quem sabe até divertida de contar. Mesma coisa para escrever – por que não, algum dia, lá em casa, com a necessária distância para o humor poder cantar o seu canto e tudo isso não passar de um disco que se escuta de vez em quando. Mas não agora, aquelas condições não produziriam mais que estardalhaço de vidro quebrado. Será que eu pressentia, naqueles momentos, o que me reservava o futuro próximo?

Estava um dia bom para ir à praia.

Sem dar a mínima atenção à fileira de jornais, atravessei o hall e fui rapidamente para a rua. O azul do céu estava riscado de cinza, mas o sol não iria demorar a se impor plenamente sobre o novo dia. Depois de deambular por um bom tempo, topei com uma banca de revistas. Comprei meu jornal e fui me acomodar numa mureta, respirando o cheiro forte das algas que flutuavam, indolentes, ao longo de toda a praia. Do lado de lá do trapiche, a areia escura e a água imóvel onde a mesma mulher com seu filho continuavam explorando o fundo. Eu estava bem assentado na minha mureta, o mar infinito em frente e o zum-zum da avenida longe atrás de mim. Que hábito bobo esse de correr para um jornal cujo conteúdo aos poucos assumia a monótona regularidade do ar-condicionado do hall. Mudar meu ritmo de vida, expulsar os hábitos e me libertar de uma vez por todas desses surtos de náusea que me davam toda vez que eu lembrava do meu computador comido de poeira. Existir, para isso é que eu viera até ali. Aquela cidade me chamava para a vida real. Mais tranquilo com a inelutabilidade desse belo discurso, prendi o jornal debaixo de uma pedra e, com o coração leve, resolvi dar um longo passeio pela costa rochosa. Percebia prazerosamente a dureza do chão sob meus pés e avançava a passos seguros. Fora-se o tempo em que eu teimava em acreditar que aquela fuga sem fim não era minha, que aquilo tudo estava acontecendo com outra pessoa. Eu agora sabia e, no fim das contas, assim era menos frustrante. Livre, finalmente, sem ideais e sem pátria, eu não precisava mais de ninguém.

É chato voltar a esse assunto. Pois um minuto depois de pensar nisso eu já sabia que não passava de mentira. Eu então caminhava mais e mais depressa. Na hora de contornar a pequena península, o pacato passeio já tinha quase virado uma corrida. Eu procurava a praia de areias douradas, as cabanas com telhado pontudo, uma cerveja gelada. De repente, estava com uma sede tremenda. Eu procurava por ela.

Sabia que a encontraria ali. A única barraca que tinha a sua marca de uísque. Mais tarde, ela me confessaria que ela própria fornecia as garrafas, embora pagasse o que consumia como qualquer cliente. De outra feita, chegaria a observar, despreocupada, que eu andava que nem um pato e dava para me reconhecer a um quilômetro de distância. Com isso, tentei alterar meu jeito de andar, obrigando meus malditos pés a avançarem paralelos e não abertos feito um V. Mas um ou dois dias depois, meus joelhos cederam. Com cinquenta anos, era tarde demais para endireitar os ossos. Ela também se reconhecia de longe. Sempre sozinha, no mesmo lugar, a camisa branca abotoada até o pescoço e uma calça ou saia também brancas. Devia ter um armário cheio delas.

Fui direto até sua mesa.

– Aposto que é sem gelo.

– Isso o incomoda? – nem levantou a cabeça.

– Não, mas com esse calor... Mesmo assim, bom dia, dona.

– O dia já está bom por si só, não há por que estragar tudo com o primeiro que aparece – cada palavra dela era um projétil. Eu adivinhava seus olhos nublados de raiva, mas nem por um segundo ela levantou o olhar para mim. – Eu não fui suficientemente clara?

Eu quis abrir a boca, mas não saía nenhum som. Balançando a cabeça, para pelo menos salvar as aparências, afastei-me a passos pequenos.

Não sei dizer por que estranha química mental eu seguiria, na sequência, aquele instinto perverso. Mal havia percorrido alguns metros na areia e uma mistura de raiva e nojo subiu-me rapidamente à cabeça. Um momento antes eu estava prestes a ir embora dali. Um outro trem, partir para longe, outro lugar, agora mesmo. Era, aliás, o que eu mentalmente me preparava para fazer. Era só pegar a mochila, pagar a conta do hotel, táxi, estação. Então, de repente, a ideia de ir embora assim, sem uma palavra, feito um covarde, me fez estacar. Eu acabara de chegar na cidade, estava gostando dela e meu apartamento era banhado de luz. Quem era ela para me fazer tomar decisões ensandecidas?

Mergulhei meu olhar lá longe no mar. Sob o azul agora denso do céu, a água estremecia à brisa ligeira e o sol nascente a salpicava de jade. Eu ainda não pusera meu pé naquela água. Respirando fundo para me investir de um arremedo de sorriso, voltei o mais devagar possível sobre os meus passos.

Peguei uma cadeira ao passar e simplesmente me sentei à mesa dela. Não me lembro com que voz comecei a falar. Só tenho certeza de que isso já não tinha a menor importância.

– Olá, gentil senhora. Por favor, deixe as cerimônias para lá, eu tenho horror a protocolos. Aliás, não vou tomar muito do seu tempo. Era só para dizer que você estava certa agora há pouco; basta pronunciar uma palavra inútil para estragar o melhor de um dia. Para mim isso já aconteceu, mas antes de voltar para o hotel queria ter certeza de que não ia ser o único a passar uma droga de dia. Eu sou assim, divido tudo o que tenho.

Ela mal me olhou antes de voltar a se concentrar em seu copo. Em vez de me desestimular ou, pelo contrário, ceder ao prazer crescente da provocação, tudo o que fui capaz de sentir naquele momento foi que uns poucos anos antes aquela mulher teria virado a cabeça de muitos homens.

Ela cheirou o uísque. O copo ainda estava quase cheio, ela o esvaziou na areia e pediu outro. O azul sombreado dos seus olhos remetia ao humor vacilante do mar.

— Você disse dividir. Uma bela palavra, e a mais eficiente, decerto, para encher o saco.

— Tudo bem. Então entenda isso como uma desculpa qualquer para não contaminar mais uma cerveja com a minha solidão crônica.

Trouxeram o copo dela. Ela mal umedeceu os lábios e o afastou como se tivessem trazido o pedido errado. Contudo, eu tinha visto o garçom servindo a única marca de uísque disponível na escassa fileira de garrafas.

— E o que o leva a acreditar que eu possa adoçar uma das suas cervejas, meu senhor?

Pego de surpresa, eu não achava palavras para me expressar de modo adequado. O seu olhar fixado em mim não me deixava recobrar um pouco de humor. Não achei nada melhor do que lhe lembrar o episódio da manga, o interesse comum pelo mesmo jornal. E já não lembro que bobagem acerca de uma alma que, mesmo bem escondida atrás de uma parede branca, me despertaria amenos sentimentos. No final da minha improvisação, pensei que ela fosse me jogar o uísque na cara antes de se mandar. Tenho certeza de que, por um momento, ela considerou seriamente essa possibilidade, mas manteve o aprumo até eu terminar. Então, ergueu o copo e falou com ele em francês:

— Ouviu só, meu loiro, quando o melhor é ficar quieto, os idiotas tomam a palavra é dos idiotas. Mas tudo bem, nós dois já vimos coisa pior, não é?

Não havia em suas palavras nenhuma maldade nem tendência alguma à piedade. Apatia, talvez, e um sorriso em ruínas. Um ricto que só vinha acentuar a terrível tristeza que o restante do rosto revelava. O tom, contudo, era menos seco do que aquele a que ela me acostumara. Enrubesci. E disso, sim, ela parecia gostar.

— Como você se chama? – ela perguntou de repente, largando o copo sem ter tomado uma gota sequer.
— Augusto.
— Augusto... Ora essa, eu devia ter desconfiado. Eu sou Áurea. Com nomes assim, a gente já nasceu derrotado.
— É verdade, daria para sentir isso como um fardo, um destino de patrícios que seria necessário honrar. Eu tive sorte, dizem que no dia do meu batizado meu pai estava bêbado. Ele poderia ter me chamado de Napoleão. De qualquer forma, é só um nome, e não nos deixaram escolher. Eu conheço uma Diamantina e um César cuja maior ambição é encontrar qualquer tipo de trabalho.
— Lixeiros. Senhor César e dona Diamantina realizam seus sonhos catando lixo. Muito poético. Compatriotas?
— Quase. Ex-vizinhos.
— Eu sabia, você não devia ter saído do seu bairro nem do seu país. A essa hora eles talvez já estejam empregados e você poderia ter partilhado a vitória deles em vez de vir até aqui passar sua tristeza para mim.

Ela ainda não tinha desistido de se livrar de mim. Parecia incapaz de se expressar de outra maneira que não com aquela entonação carregada de sarcasmo que virava naturalmente desprezo no final das frases. Mas ali, separados apenas por um sopro de distância, eu já não temia aquela indiferença fulminante. Não sei dizer que graça eu estava vendo naquilo mas, enquanto a fitava sem trégua, achava difícil renunciar a uma pontinha de provocação e dizer: "Pronto, dona, pode parar por aqui, eu já não tenho medo dos seus secretos tumultos, agora quem está na sua frente é o fugitivo endurecido, a mente alerta: o outro, o homem perseguido pelo lótus, morreu no elevador, entre dois andares do nosso hotel. Então, para que continuar com esse seu olhar baço, se eu já consigo perceber a tempestade no menor recanto dos seus olhos claros?".

É claro que eu não disse nada disso. Limitei-me a expressar meu alívio sem dizer uma palavra. Na verdade, eu não me sentia em situação privilegiada. O que aconteceu logo em seguida foi algo insano que eu não entendi. Vá saber por quê, eu de repente caí na gargalhada.

Ela piscou os olhos, ergueu o busto. Por um instante, pude ver seu rosto envelhecer e se recompor. E então seus lábios se descerraram.

– O que foi que lhe deu para ficar rindo assim que nem burro?

Eu não conseguia parar. Torcia-me na cadeira, tentava pensar numa imagem forte, numa ideia boba, em qualquer coisa, menos em fugir. Situação desagradável. Quando, enfim, tive condições de articular uma ou outra palavra, não achei nada para dizer. Durante alguns segundos, ficamos assim, um diante do outro, o olhar vazio e as mãos sobre os copos. Então, ela tomou um gole pequeno, jogou o resto do uísque na areia e pediu mais um. Sem gelo.

– Me desculpe, eu sei que é loucura. Não vai acreditar, mas não sei explicar o que me deu. A gente nem se conhece. Idiota, a palavra é essa. Não consegui me controlar. Encare como um capricho inoportuno, uma vontade há muito reprimida. Entende, é como acontece com a raiva, ela incha, incha e acaba rebentando sem nenhum motivo aparente. Não, por favor, não me olhe desse jeito, eu ainda não estou maluco a esse ponto. O que eu tenho certeza, juro, é que não foi por maldade. Eu me senti como se, em vez de estar aqui, quero dizer, um desconhecido num país qualquer, eu estivesse em sabe-se lá que lugar na companhia dos meus amigos com quem dá para se mostrar por todos os ângulos e eles já não se espantam com mais nada.

Eu poderia ter continuado fornecendo meu estoque de explicações, amontoando sem dúvida uma besteira em cima da outra, se o seu sorriso, quero dizer, um autêntico sorriso de mulher, não tivesse de repente chamado minha atenção. Mas aquela espantosa mudança de cor no seu rosto, clarão de rocha branca depois da passagem da chuva, não era para mim. Seu olhar divertido mal roçava o meu ombro e ia pousar na mesa logo atrás de mim.

Estava ali uma moça bonita na companhia de dois homens em traje de banho. Eu tinha reparado neles, no começo, por suas gargalhadas frequentes, decerto movidas por uma fileira considerável de garrafas de cerveja vazias. Ela, com uma fita vermelha prendendo casualmente o cabelo curto e moreno, uns vinte anos floridos num top amarelo e uma minissaia jeans. Eles, dois fortões de olhos puxados que, apesar da pouca diferença de idade com a moça, encolhiam a barriga com dificuldade. O garçom ficava indo e vindo, sedução e exibicionismo era o jogo deles. Falavam alto demais, desviei o olhar.

– Você gosta dela?

Na hora, pensei ter ouvido mal. Hoje, pensando nisso, imagino que devo ter ficado com uma cara um tanto boba, olhando para um lado e para outro como se ela estivesse fazendo a pergunta a alguma outra pessoa. Minha surpresa, porém, não era tão despropositada. Devo dizer que muito depois daquele encontro, mesmo quando entre nós já se estabelecera uma espécie de relação, eu ainda me perguntava se para ela era normal zombar de todo o mundo daquele jeito ou se ela exagerava especialmente para mim. Áurea nunca se interessava por ninguém, e mesmo quando parecia estar observando alguém, na verdade estava olhando para quem sabe o quê, sempre distante dali.

– E aí, você gostou da garota, ou não?

Havia em sua voz algo de frívolo e triunfal. Será que eu deveria mesmo expressar minhas preferências de macho naquela situação? Que importância poderia ter para ela, naquele momento, os meus gostos em questões femininas? Principalmente em relação a uma garota à qual nenhum de nós prestaria a menor atenção nos dez segundos seguintes. Mas o tom era peremptório, ela queria uma resposta, autêntica. Nem precisava me virar para a garota, eu já a tinha examinado. Ainda assim, dei uma espiada atrás de mim. Bonitinha, sem dúvida, como dezenas de outras garotas com quem eu cruzava todo dia e às quais jamais teria ousado dirigir a palavra. Todas elas irresistíveis com sua roupa colada na pele, sem nenhum bolso para guardar uma migalha de compaixão nem nenhuma chance para os cães errantes. Todas elas *sexies*, todas iguais, para mim, todas distantes.

Firme, Áurea aguardava a minha resposta.

- Não.

Ela fechou a cara.

- Claro, um homem da sua linhagem só se interessa por mulheres que sabem se comportar. Do tipo piranha apagada mas versada na arte da chifragem. As limpadoras de chifre, são profissionais elas também.

- Entendida, você. Em homens, quero dizer.

Ela me fitou demoradamente, massageando a têmpora com o dedo como que para acalmar uma dor.

- Você se acha inteligente, capaz de sufocar sua natureza para mostrar não sei que beleza de espírito - disse ela com desprezo.
- Quando, no fundo, tudo de que precisa é de uma mulher. Mas é incapaz de dividir o que quer que seja com uma. Você não gosta de mulheres. Aquela ali, por exemplo. Você não lhe concedeu um autêntico olhar de homem desde que chegou. Olhe só para ela, é uma mulher bonita, atraente, sedutora, e você nem reparou nela. Você não gosta de mulheres. Você tem medo das mulheres. Só veio se sentar aqui, na minha mesa, porque não me considera uma mulher, e sim um objeto, algo para descobrir. Você é um covarde, e não demora vai ser um velho covarde.

Ela dizia isso com tal convicção que não consegui jogar uns trocados sobre a mesa e ir embora de cabeça erguida, como teria gostado. Em vez disso, cedi à provocação, caí na vulgaridade.

- Aí é que você se engana, eu já sou um velho, mas até os velhos trepam ou, pelo menos, tentam. Você não tenta?

- Eu podia lhe devolver a pergunta - ela retrucou prontamente. E dava perfeitamente para ver que estava contendo o riso. Foi quase em tom de bravata que ela emendou: – Mas você esquece que mesmo na cama tem de haver coração. Meu coração eu deixei numa conta bancária, muito tempo atrás, e tenho consciência disso. Mas você ainda carrega o seu feito uma coisa morta e nem sabe. Um fardozinho aí dentro do peito, mais nada, e com isso você ainda se acha capaz de abordar o mundo.

Enquanto ela acabava de pronunciar essas palavras, fiz o gesto mais idiota que um homem poderia fazer naquelas circunstâncias. Obedecendo a uma necessidade vital, minha mão direita pousou rapidamente em meu peito para testar os batimentos cardíacos. Foi só um segundo, o suficiente para eu corar até as orelhas.

Áurea provou do seu copo. Às vezes, raramente, ela oferecia todo o azul dos seus olhos. Uma reação de menina, uma parte sua que a seguira até um outro mundo.

Não sei onde encontrei forças para lhe sorrir e esticar a mesma mão para que ela a pegasse. Permaneci muito tempo com a palma aberta sobre a mesa, entre a minha cerveja e o uísque. Por fim, ela resolveu apertá-la, com dedos sempre um pouco tensos como se tivesse de se proteger de um contato duvidoso.

– E então? – ela disse com uma voz mais doce. – O que você acha dessa garota aí atrás de você?

– Chinesa?

– Não, cambojana. Você não é nem capaz de reconhecer. Cambojana das terras altas, me parece.

– Não faz meu tipo, é barulhenta demais.

– Mentiroso – disse ela, retomando o copo. – Você acha ela bonita, mas tem medo.

– Medo de quê?

– Você sabe melhor do que eu, tem medo dela inteira, mulher, mãe, puta, animal pensante. Admita que ela é bonita ou, então, vá embora daqui agora.

Abaixei os olhos. Cada palavra sua era como um dente arrancado.

- Tudo bem. Você tem razão. E daí?
Áurea meneou a cabeça. Havia pena e desprezo em seu gesto. Parecia já estar longe. Mergulhada novamente num mundo só seu que lhe murchava o rosto, que eu imaginava ser tão doloroso como aquele que eu mesmo tinha deixado para trás. Então, depois de dar uma olhada na garota, começou a falar num tom desprovido de emoção. Estava falando de si mesma.
- Linda que nem puta no recreio. Uma excursionista do sexo de meio período que acredita no seu deus e em todos os santos da sua terra e assume uns extras com a mesma indiferença de uma faxineira horista. Uma puta deliciosa, nada de mais. Não faz isso por profissão, só quando surge a oportunidade. Mas se alguém perguntar, ela responde francamente que é puta. Diz isso com um tom de obviedade que dificilmente se vê nas profissionais tarimbadas. Há garotas assim para dar e vender neste país, e você sabe que não é fácil distingui-las de uma outra moça qualquer sentada num bar ou refestelada na areia. Elas ignoram você, ou sorriem, como faria qualquer pessoa impressionada com uns olhos como os seus.
Ela se imobilizou depois das últimas palavras, pronunciadas em câmera lenta, o olhar cravado em mim. Mas eu sabia que ela não me via. Estava envolta nos próprios pensamentos como num sonho. Então ela recomeçou a falar, assim, no mesmo tom, como se não tivesse parado.
- Essas garotas podem ser estudantes, desempregadas, mães solteiras ou camponesinhas analfabetas que aprenderam a conversar na cidade. Dá na mesma. Um homem pode falar de tudo com elas, para matar a solidão ou com a intenção de comê-las dali a pouco. Rapidinho, igual a uma empregada qualquer na hora do almoço. Mesma coisa. Se ele não for um cretino ou um bruto, ela vai aceitar a companhia, rir junto com ele, os dois vão ir à praia, vão tomar uns tragos e comer peixe. Ela é bonita, não tem dinheiro e, desse jeito, aproveita a vida. E se ele possuir aquela coisinha a mais, ela vai dividir a cama dele, por uma noite, e ele nunca vai saber que fez amor com uma puta.

Ela ficou calada alguns instantes, contentando-se em me fitar com um olhar que parecia expressar, ao mesmo tempo, rejeição e tristeza. Então prosseguiu, maquinalmente, sem ânimo, com cada frase apagando imediatamente a anterior.

– A não ser que, de manhã, quando ela estiver se vestindo para ir embora, ele tente retê-la. Aí, escovando freneticamente o cabelo – essa garota tem um cabelo bonito, não é? Tem de cuidar bem dele –, aí ela vai dizer que tem de ir embora, que precisa descansar um pouco, que tem um cliente dali a pouco. Um cara legal, sabe, diz ela, só que se entope de Viagra, é exaustivo. Diz isso sorrindo gentilmente pelo espelho, depois se vira para ele e lhe faz um carinho no rosto. Mas ele amarrou a cara, então ela conversa com ele, toda doce: "Você é simpático, gosto de você, gosto mesmo, mas não posso fazer sempre de graça. Entende, meu bem?". E, dizendo isso, pega rapidamente a bolsa e dá tchau. A porta bate e mais um dia começa. O que é que isso tem de barulhento, me diga, você que não gosta de barulho.

A pergunta era para mim, a entonação era para ela mesma. Não esperou pela resposta, não era uma pergunta de fato.

– Mas também acontece que, pouco antes, tudo se estrague por causa dele, um homem presumido. Você deve saber, faz bem o seu gênero. Acontece de, um momento antes de ela retornar para o seu dia, ele se colocar, de um salto, entre ela e a porta. E aí, entre raiva e espanto, ele começa a gaguejar, a pedir explicações. Ela tem pressa e ela não gosta muito de chegar a esse ponto. Era um cara bonito, simpático, e não é que está dando uma de idiota? Só lhe resta fitar seus olhos de puta naquela cara de desmiolado e, sem se alterar, dizer que não há motivo para fazer drama. Que ela às vezes faz uns extras para pagar os estudos, a roupa que usa, que ele tanto gostou, e que ele nem imagina quanto custa um creme francês aqui e assim por diante. Nesse ponto, ele desmorona. Ela o encara com alguma curiosidade, pena, por um momento chegara a pensar que poderia tornar a vê-lo. Uma olhadinha no relógio, ela larga a bolsa, senta-se na beira da cama, suspira. Diga-se que, quando esse tipo de prostituta se permite uma aventura por simples prazer, não gosta de deixar uma má lembrança atrás de si. Ele tinha se mostrado tão doce na cama, coitado. Ela passa a mão no cabelo dele e repete de mansinho, sim, eu sou metade puta, não fique zangado, parece até que você transou com sua mãe sem saber. E dá um beijo na têmpora dele. Ele se afasta bruscamente. Com a mãe não se mexe, caramba!

A partir daí, Áurea passou a enfeitar sua história imitando as supostas reações do homem. Fazia isso muito bem. Graças, decerto, à sua habitual austeridade expressiva, sua mímica, longe de ser caricatural, limitava-se a imperceptíveis movimentos do rosto que sugeriam com fineza o estado emocional exibido pela personagem. Eu tinha a impressão de estar vendo o homem e me colocava muito bem no lugar dele. Tenho certeza de que não esbocei um sorriso nem nada que pudesse denunciar como me divertia intimamente ou, o que é pior, algum sentimento de cumplicidade masculina. No entanto, sem se interromper, ela me fulminou com os olhos.

– A garota custa a acreditar que uma pessoa que toma o avião duas vezes por semana, que aquele homem que tem um cofre na suíte nunca tenha feito amor com uma mulher como ela. Amor de verdade, sem dinheiro no criado-mudo, como foi com ela a noite inteira. Ela começa a perder a paciência mas ele, babaca, não desiste. O que a garota não consegue entender é a estrutura mental desse homem, o que ele pensa. De início, ele não aceita, primeiro porque segundo ele nenhuma puta pode fazer amor daquele jeito, e depois, para que jogar isso na cara dele assim à toa? É o que mais o incomoda, ela conseguir declarar que é uma puta com tanta indiferença. Nem uma velha profissional a quem já não resta nada a reivindicar falaria nisso assim. Elas, as outras, não conseguiriam dizer "eu sou uma puta" com aquela boca que parecia dizer "meu amor". Ele está escandalizado. Tinha até perguntado sobre o seu ponto G, e ela estendera os braços dizendo que seu corpo inteiro era um ponto G. O que lhe causara uma ereção imediata. Ele a possuíra novamente feito um deus, lambera-a toda, uma pele de dar vertigem. E agora ela vinha com essa do cliente, dizendo que já tinha de ir. Inconcebível e, puta merda, ele tinha uma só camisinha! Ele então olha para o seu membro mole, será que aquela mancha vermelha na glande já estava ali antes? Apavorado, tem um acesso de fúria. Quanto é que o viagramaníaco te paga? A garota volta atrás, não queria ter chegado a esse ponto. Pega a bolsa de novo. Muito, e em dólares, responde sem olhar para ele, e acrescenta, pena que o dólar esteja em baixa mas logo, logo, ele volta a subir, deu na TV. O coitado já está sem palavras. "Logo, logo, ele volta a subir", repete consigo mesmo. Por que será que ele não suporta a ideia de ter feito amor com uma prostituta, e olhe que ele não tem nada contra as prostitutas. Tem uma no prédio dele, e é a única vizinha com quem ele gosta de cruzar. É uma pessoa bacana, progressista como ele, mas dá para ver a profissão dela de longe, não precisa ficar alardeando. Ao passo que essa garota, no máximo, tem jeito de cabeleireira. Ele não saberia explicar, mas se sente ferido na alma. Como pôde passar uma noite daquelas sem desconfiar em momento algum que estava com uma puta na cama, sem que ela se traísse nenhuma vez. Teria bastado um gesto, um suspiro a mais, as putas têm seus modos.

Áurea mergulhou um dedo no copo e o levou à boca. De repente, parecia estar muito cansada. Eu não sabia por que ela estava falando aquilo tudo e aonde ela queria chegar. Naquele momento não me interessava, eu estava envolvido pela história, queria ouvir sua voz, saber como acabava.

– E aí?

– Aí? – ela repetiu, com dureza.

Seus olhos estriados de cinza, como o céu que filtrava através das folhas grossas da palmeira, iam de mim para a garota do lado. Virei-me por minha vez. A garota esvaziava um copo de cerveja empinando orgulhosamente o peito. Áurea fitou-a por um bom tempo antes de prosseguir.

– A menina quer se mandar, já não tem muito tempo. Mas ele está diante da porta, agitadíssimo, até esquecendo de encolher a barriga. Embora isso já seja para ele um reflexo automático. Ela o agarra pelo sexo, agora reduzido a poucos centímetros de pele inerte, obrigando-o, assim, a se afastar. Um gesto que não tem nada a ver com puta, pelo contrário, às oito da manhã, na pressa, até uma esposa amorosa poderia se mostrar mais brutal. Ela não. Pega delicadamente seu sexo com dois dedos, e a doçura de seus olhos é que lhe abre passagem. Pelado, ele a segue até o corredor. A derradeira besteira vai lhe custar duzentos dólares.

– Duzentos dólares. É alguma multa por escândalo? – eu bebia as suas palavras.

– Multa, meu rapaz? Onde você pensa que está? Nada disso. O babaca não resistiu à tentação de perguntar se, no dia anterior, ela tinha tido um cliente antes dele. Isso não é pergunta que se faça a uma mulher, e a garota não entra nessa. Manda ele ir cuidar da língua, era capaz de estar em frangalhos depois de lamber a xota dela a noite inteira. Aí é que ela lhe joga a tarifa na cara, duzentos. Pois ele nem pisca, paga, e até parece aliviado. Mas não acaba aí, ela agora está com ódio e para acabar com ele abre a bolsa e lhe entrega uma imagem. É para a AIDS, diz, antes de lhe dar às costas, ponha debaixo do travesseiro e durma com os anjos, meu bem, a noite não termina com a luz do dia.

Nisso, Áurea calou-se e não disse mais nada. Não concluíra a história da garota, seu objetivo era acabar com um homem. Eu não teria como esquecer aquele momento – antes de ir embora, vi a mim mesmo no reflexo de seus olhos, e eu estava morto.

10

Antes de nos cruzarmos novamente, uma semana ou mais derreteu ao sol abrasador da cidade, cujos prédios construídos a toda pressa sufocavam o que ainda restava de uma encantadora vila de pescadores, no centro de uma grande baía no extremo sul do país. Nesse meio-tempo, explorei os arredores em todas as direções até enferrujar na poeira do subúrbio, percorrendo as vielas de chão batido dos bairros-dormitório.

Essa necessidade de reconhecimento do território fazia parte dos meus hábitos. De início, eu só estava pondo em prática uma dessas normas que se impõem a cada mudança, para prevenir uma retirada apressada. Depois, tornou-se um pretexto para descobrir um boteco ao ar livre ou para tomar uma cerveja sob o olhar espantado das crianças e a indolência afetada dos adultos. Era o meu pequeno prazer pessoal, como uma forma de me vingar daqueles redutos assépticos em que eu era obrigado a me instalar.

Dessa feita, tive de aguentar minha sede enquanto galgava o topo de uma ladeira tão íngreme que era de se perguntar como aquela proliferação de moradias improvisadas conseguia se manter de pé. Finalmente atingi meu objetivo, lá no alto. Bem ao lado de um pequeno templo, que era por si só um exemplo do talento dos nativos na arte de talhar o bambu. Material sem-par para todo tipo de criação, da construção completa de um templo ou casa de vários andares até a decoração mais requintada. As propriedades dessa planta pareciam realmente inesgotáveis. Ela tinha o dom da flexibilidade, esse mesmo dom de que a natureza me privou, daí eu ficar seduzido e exageradamente interessado.

O boteco não passava de três mesas de bambu trançado ao redor de uma árvore, cujos galhos caídos criavam um corredor escuro até a casinha de onde a proprietária tirava minhas cervejas. Eu ia lá todas as tardes. Depois de uma volta na praia, de quiosque em quiosque, eu ia expurgar a cerveja numa peregrinação penitente antes de descer de volta à cidade, pouco antes do pôr do sol. A estranha personalidade de Áurea continuava, é claro, ocupando meus pensamentos, mas eu já não a via com a mesma animosidade de antes. Aquele "boa noite, rapaz" com que ela me brindara sem muita convicção naquela noite, na cafeteria, apagara minha raiva, e eu agora remoía aquilo tudo com um curioso sentimento de ternura em relação a ela.

Foi numa manhã, no elevador, que voltamos a nos encontrar. Cada qual com seu jornal dobrado debaixo do braço. Como eu, ela havia renunciado aos jornais do hall. Naquele meio-tempo, eu não tinha procurado muito por ela e achava, de certa forma, normal que ela estivesse intencionalmente me evitando depois do episódio do quiosque. Eu intuía que, por pudor ou algum outro motivo qualquer, não sei, ela se sentiria sem jeito se me visse logo depois de, espontaneamente, ter aberto uma brecha na sua fortaleza, permitindo assim que um forasteiro qualquer viesse macular sua intimidade. Estou convencido, aliás, de que ainda hoje, desde sua solidão, ela ainda me vê como incapaz de penetrar o sentido profundo das convicções que ela formara sobre a incoerência do bicho homem. Com as trapalhadas que lhe são próprias e a tendência ao mal que, segundo ela, não tem remédio por ser uma deformação biológica e, portanto, é sem solução.

Eu refletira longamente sobre a sua representação, tão finamente detalhada, de uma noite de amor que resultava na fatal incompreensão entre homem e mulher. Admito que, num primeiro momento, me senti pessoalmente visado. Então, pus meu ego de lado e valorizei o caráter universal que emanava do conteúdo e da forma de sua história. Deduzi que ela de fato tocara no cerne do problema, mas me parecia que ela abusava das experiências pessoais para elaborar suas certezas e disso, eu poderia jurar, ela tinha de algum modo consciência. O que devia lhe causar a mesma sensação de vergonha e arrependimento vivida por um tímido depois de perder o controle durante uma bebedeira.

Quando as portas do elevador se abriram no primeiro andar, onde eu tinha dado uma passada para pegar um chá quente na cafeteria, e nos vimos assim face a face, faltou pouco para que ambos nos desculpássemos por estar ali na mesma hora. Nos cumprimentamos num resmungo e, como que de comum acordo, evitamos qualquer olhar interlocutor. Subimos os dezessete andares como dois desconhecidos obrigados a dividir, pelo espaço de um minuto, o mesmo ar cheirando a essência de lótus e que não viam a hora de voltar aos seus respectivos espaços privados. No meu andar, cumprimentei-a com um aceno de cabeça e afastei-me com o passo lépido e meio rígido que usamos para disfarçar a pressa. Sessenta segundos, quando muito, lado a lado em meio ao embaraço e o silêncio. Segundos que ficariam gravados em minha memória como um dos raros momentos em que senti Áurea tão próxima a ponto de ouvir bater seu coração.

Coração de animal caçado, nada de surpreendente nisso. Ela era uma fugitiva e, como eu, sabia que cedo ou tarde, sufocado pela pressão, a gente acaba aceitando a paúra, e ela logo se torna nossa única e tiritante companheira de fuga. Num primeiro momento, é o flerte. Jovem esposa irrequieta, a paúra irá nos conceder uma ardente temporada de prazeres inéditos. Logo, porém, a rotina que espreita todo grande amor irá levar a melhor, e dessa paixão desgastada não irá restar mais que um nebuloso sentimento de erro. O fugitivo e a paúra já não têm, então, mais nada a dizer um ao outro, mas mantêm as aparências para continuarem a deitar juntos todas as noites, de costas um para o outro, até o final dos tempos. Sua união é um casamento sem divórcio.

Mas eu tinha a impressão de que a paúra que Áurea esposara não era desse tipo. As consequências de seus atos eram, evidentemente, graves o bastante para deixá-la num estado de alerta permanente, mas acho que sentimentos imperecíveis como os que Áurea trazia em seu rosto não amadurecem numa experiência extrema ou numa fogueira de paixão. O medo, assim como a coragem, vem e vai sem deixar rastro. Quando desaba em cima da gente, não faz mais ruído que um mau pressentimento. Não é no calor da ação que ele se revela. Muito pelo contrário, fica suspenso em nossos pensamentos mais serenos, esperando, feito larva no casulo, a hora de sair. Escutamos às vezes, bem perto, suas asas baterem, e então ele vai pousar em outro lugar.

Áurea não podia desconhecer isso tudo. Não era o medo de ser apanhada que ressecava sua alma. Um demônio mais cruel do que a fuga se instalara dentro dela, privando-a do gosto da vida. Áurea já não esperava mais nada desta vida, e era o que nela mais me intrigava. A sensação de que partilhávamos mesmo que apenas o sopro mortífero desse demônio me reanimava. Eu já não me sentia tão só no caminho das sombras. Nada que alterasse a minha vida. Eu passeava, cozinhava e lia um pouco, como sempre. Mas, de repente, minha rotina fora investida por um clarão de luz. Não precisava encontrar com ela para me sentir acompanhado. Bastava saber que havia ali, uns poucos andares mais acima, uma pessoa capaz de entender aquilo que não se explica.

Depois desse tempo todo, eu estava mesmo precisando disso. A própria ideia de recomeçar a escrever já não me angustiava tanto. Lembrava do meu pesadelo. Aquela queda vazio abaixo assumia agora um outro sentido. Já não era um despencar rumo ao fim, e sim o início de uma nova viagem. Até aquela vozinha que perseguira dia e noite querendo me dobrar às suas veleidades literárias, aquele mal-estar difuso que me levara a mudar de cidade, estavam tão distantes do meu atual estado de espírito que eu até conseguia tornar a pensar no assunto e achar graça. Não que eu me sentisse nas nuvens, longe disso. Era antes uma suave onda de paz, algo como o prazer do cansaço físico depois de uma longa corrida. Eu já tinha experimentado essa sensação, pelo tempo de um sonho, de estar de repente em casa desfrutando gota por gota o prazer de um sofrido retorno à normalidade.

Naquele mesmo dia em que cruzei com Áurea no elevador, voltei para o apartamento no meio da tarde e fui direto pegar o computador dentro do armário. Não tinha nenhuma ideia precisa na cabeça, apenas uma grande necessidade de desafogar meu peito abarrotado de palavras. Escrever qualquer coisa. Sim, por que não? Não são os grandes projetos que fazem os bons romances. O que eu poderia temer? Eu não iria me perder em centenas de páginas em que se pode mudar as palavras, mas o discurso está sempre em ordem. Não, eu ia pôr tudo para fora no teclado. Só as palavras contam, sua música, o conteúdo reside apenas no prazer de ficar suspenso em cada nota, já não me deixo enganar por mensagens universais. Quem pretende dizer a verdade é quem nos serve a primeira mentira. Eu estava pronto, abri uma cerveja.

Uma hora depois, terminava a minha terceira garrafa e, em vez de escrever, eu me pusera a brigar com um monte de verdades de pacotilha, discursos fáceis, obcecados com a aparência, tão bonitos quanto vazios. Uma ostentação de palavras que não escolhem um autor, servem a todos sem distinção. É claro que naquele momento em que não conseguia traçar uma linha sequer na minha folha em branco, eu não enxergava as coisas assim. Já tinha um estoque de pretextos sólidos para justificar meu bloqueio. E, por mais que se fale em palavras e ficção, depois de uma simpática divagação periférica, o que se acaba parindo é sempre mais uma autobiografia. Não era Heine quem afirmava que as autobiografias são quase impossíveis, já que é praticamente certo que iremos mentir a nós mesmos? E de que serve – dizia a mim mesmo – escrever um livro que, de repente, nunca irei ver publicado? Com a cabeça já enevoada de álcool, meus pensamentos iam se tornando cada vez mais negros, como a tela que ficara inativa.

Aquele pessimismo acerca do meu futuro próximo, donde a recusa em escrever, consolidado também pela convicção de que eu não tinha mais nada a produzir em matéria literária, não era apenas elucubração passageira. Se até ali eu vinha arrastando meu computador de fronteira em fronteira, como quem carrega no nariz um quisto que sempre se vê, mas no qual nunca se toca, era porque nutria umas preocupações não de todo infundadas. Não, nada a ver com a costumeira angústia do escritor à cata de um editor. Na época, eu já tinha vários romances publicados e até tolerados pela crítica. Além disso, a dimensão midiática que meu caso pessoal assumira fez que, da noite para o dia, meus livros passassem dos fundos das livrarias para as prateleiras dos supermercados. Também não era o medo de ser localizado pela justiça do Estado e acabar meus dias atrás das grades que me desanimava. Eu já estava aceitando essa fatalidade e tomava os cuidados habituais sem mais afobamento do que para enfrentar a incontornável essência de lótus. O que de fato envenenara minha história de amor com a escrita era um escândalo de Estado repercutido na imprensa e que me deixara sem fôlego.

Acontecera algum tempo depois do início da minha fuga. Quando bravos agentes de já não lembro que Serviço de Inteligência Italiano (se os leitores enxergam nessa denominação algum contrassenso, a culpa não é minha) planejaram me sequestrar. Na época, eu ainda não me encontrava tão longe da Torre Eiffel. Depois de inúmeros refúgios provisórios, descobrira um canto para me instalar que, me parecia, não poderia ser melhor. Eu tinha quase chegado lá. Para um homem procurado isso toma tempo, é um exaustivo trabalho de formiguinha, mas aos poucos eu fora reunindo o que precisava. Ou seja, um alojamento onde podia ligar meu computador, um modo de vida insuspeitável, alguns amigos incautos. Eu estava tranquilo, tudo parecia correr às mil maravilhas, a tal ponto que a partir de certo momento me parecia bom demais para ser verdade. Por excesso de cautela, comecei a procurar o ponto fraco. Aparentemente não havia nenhum. Eu dispunha de um bonito apartamento, numa cidade aprazível, e de boas perspectivas. Só tinha de me dedicar àquele romance que a gente nunca consegue escrever em vez de ficar andando em círculos feito fera enjaulada. Como passava a maior parte do tempo sozinho, imaginei que o tédio, decerto, estava me deixando paranoico. Passava então os dias pulando de um livro para outro, e as noites olhando pela janela. Apesar de todos os meus esforços para me manter lúcido, passadas algumas semanas, comecei a inventar coisas. Tinha a sensação de estar sendo seguido, via sombras em cada esquina, desconfiava dos vizinhos. Enfim, era o delírio do homem procurado, de que eu tinha consciência e ao qual atribuía todas as minhas visões. Era o tédio. Eu tinha certeza disso, mas não podia fazer nada. Estava em permanente estado de alerta. Por mais que repetisse a mim mesmo que era apenas um momento de angústia, que bastava eu me ocupar e tudo voltaria ao normal, o tédio não me largava um instante sequer, enchia o meu bairro de sombras. Eu já estava aceitando a ideia de recorrer a um antidepressivo quando uma dessas sombras, postada no telhado da casa em frente, teve um probleminha com um gato em carne e osso com o qual eu me dava bem. O que, de duas noites para cá, eu só a custo distinguia da forma escura das chaminés, assumiu de repente a forma de um homem rechaçando um gato carente. Quanto mais o enxotava, porém, mais o gato vinha para cima dele, até que ele foi forçado a abandonar seu posto de observação. Meu coração parou de bater. Em meio à total escuridão, eu passava de uma janela para outra, revisando todas aquelas sombras que até então atribuíra à minha imaginação. Os bravos agentes sequestradores estavam realmente a postos, e eram muitos. Depois de dar um telefonema para garantir minha retaguarda, escapei antes do amanhecer de uma maneira que não posso revelar. Eles poderiam ter me apanhado caso a operação estivesse organizada dentro do quadro da legalidade. Mas não estava, e suas reais intenções eu só viria a descobrir muito tempo depois, quando esse esquadrão de cidadãos da ordem exagerou na dose e, enfim desmantelado, suas cruzadas foram relatadas na imprensa. Naquela vez, o tédio foi que me salvou a vida. Esse é só um exemplo. Eu teria outros, de como o tédio me impediu de vegetar. Mas isso já é uma outra história.

Voltando ao meu conflito com a escrita (até então eu jamais teria imaginado que poderia ser objeto de atenções criminais com tamanha demonstração de recursos), a partir dali, surgiu em mim esse terrível sentimento que não me deixava me projetar no futuro, mesmo próximo, sem lembrar da possibilidade de cair, no dia seguinte, em outras mãos assassinas reconhecidas pelo Estado. Refiro-me a esse câncer do poder que, dos bandos de camisa-preta de Mussolini, passando pelas bombas da Gladio (Stay behind) do pós-Guerra Fria, até os mais recentes justiceiros dos "serviços paralelos" fascistizantes, ainda é latente na Itália da União Europeia.

Naquele dia, a poucos andares de Áurea, banhado pela luz do fim de tarde, levantei pesadamente a cabeça e reavivei a tela do computador. As poucas linhas que joguei ali em seguida eu nunca tive coragem de apagar e, vez ou outra, como agora, eu as tiro do fundo dos meus arquivos.

"Passa depressa, tempo. Para que se arrastar assim? Fica me seguindo na multidão ruidosa enquanto me faz falta a companhia dos cães errantes. Você desfruta da minha solidão. Vamos, seu tempo de merda, me faça ficar velho, me transforme num vegetal, acabe comigo com alguma doença, um assassinato, se preferir, mas sempre hei de te arrancar um último instante para sorrir para as minhas filhas e a todos que me amaram quando eu ainda era um homem. O tempo é uma puta, não vai me largar antes do último centavo." Então, num estremecimento de orgulho, deixei um espaço em branco e acrescentei: "É normal que me condenem, vocês, bem-pensantes e castelães. Mais que isso, é para mim uma honra suscitar a aversão de um poder corrompido, sedento de vingança e..." E quanta baboseira...

Acordei ao raiar do dia seguinte com uma ressaca de lascar. Minhas pernas foram bambeando da sala até a cozinha. Meu corpo inteiro doía. Eu adormecera encolhido no sofá, vestido e calçado e, depois de desabar que nem pedra, caíra num sono sacudido por sonhos que não eram bem sonhos, eram antes imagens fugidias, mergulhos rápidos em recordações deformadas por uma constante agitação. Meus nefastos pensamentos do dia anterior decerto tinham algo a ver com isso.

Parado em frente ao fogão, olhava ferver a água para o chá enquanto rememorava a rápida sequência de sonhos que me tirara de dentro da noite. De início, eu estava na Itália. Na minha região, a qual eu deixara há cerca de trinta anos. Eu era procurado, mas não sabia por quê. Havia policiais por toda parte, patrulhando até o campo em que eu corria em busca de um esconderijo impossível. Minha corrida era freada pela súbita aparição do meu pai. Ele estava com o bigode aparado e uma expressão severa. Queria cumprimentá-lo, dizer a palavra de adeus que não pudera pronunciar no seu leito de morte, mas precisava fugir. Me deixe passar, eu implorava, não está vendo esses homens todos atrás de mim? Como resposta, ele só curvava o canto da boca, nessa mesma expressão de nojo que eu herdei dele. Quando os perseguidores já estavam à vista, meu pai virou-me às costas e deu um estridente assobio. Um cavalo cinzento surgiu ao lado dele. Monte na garupa, ele me ordenou. Era um animal magnífico, grande e esbelto como eu nunca tinha visto. Uma montaria de qualidade, classuda, como meu pai sempre sonhara. Pegamos, a trote, a estrada pedregosa que levava à antiga olaria, o parquinho de jogos da minha infância. Em absoluta indiferença ao círculo que se fechava sobre nós, meu pai olhava para a frente, acompanhava o trote do cavalo. Virou-se para mim uma única vez, com seu eterno olhar de censura. Ele não tinha outro. Vindo dele, aquele olhar podia ser inclusive um sorriso. Então, como acontece nos sonhos, de repente eu estava em outro lugar, numa casa grande, acolhedora. Bem acomodado numa poltrona de couro marrom, escutava uma mulher que falava de costas para mim. Era uma presença familiar. Eu não entendia o que ela dizia, mas só pelo tom de sua voz eu conseguia ver a mobilidade de seu rosto no final de cada palavra. Então a mulher deixou uma frase em suspenso e veio se colar nas minhas costas. Eu sentia sua respiração no meu pescoço, mas não ousava me virar. Era um sopro estranho, nem frio nem quente, um resfolegar de máquina. A poltrona era confortável demais para ser de verdade, uma voz que já não dizia mais nada, um lugar reconstruído, o ambiente certo para eu me entregar. A máquina vasculhava minha alma, eu não teria uma história para lhe repassar? Teria, a de um pré-aposentado que dá a volta ao mundo, um inédito. A mulher se moveu para o meu lado, pôs a mão no meu ombro. "Como você está tenso, parece até cimento armado, que tal uma massagenzinha, meu bem?". Peguei na mão dela, obrigando-a a recuar o suficiente para eu vê-la por inteiro. Era a primeira vez que eu via Z. de saia, e não apertada em sua eterna calça jeans. Levantei-me de um salto para lhe dar um abraço, e foi quando a luz do dia me desfechou uma chicotada. Havia nuvens vermelhas e roxas no céu.

    Nem eram sonhos, apenas essas garatujas de um semicochilo que se evaporam ao primeiro clarão do dia. Pus mais água na panela, e não pensei mais no assunto.

11

O chá bem forte, adicionado de raspas de um ginseng cortado a um metro de profundidade (relíquia benzida pelo tio de Matha em pessoa), me deixou em forma. Em menos de quinze minutos eliminei todo vestígio de bebedeira, guardei meu computador e, num acesso exemplar de conformidade, até desfiz minha cama para não perturbar a rotina da faxineira.

Às nove em ponto de um dia de beber, com o sol nos olhos, saí do hotel a passos marciais e fui direto para a praia ali perto. O cheiro das algas me pinicava o nariz à medida que me aproximava da orla. Minhas pernas andavam sozinhas. Aquela sensação de leveza me fazia respirar a plenos pulmões, inebriando-me com essa mistura natural de liberdade e putrefação. Eu tinha pressa em beber o dia a pequenos goles, andar e pular de rocha em rocha e alcançar, ao longe, os bambuzais que brotavam da areia virgem. Já fazia algum tempo que eu tinha a ideia de dar uma volta completa na baía, e naquela manhã tinha tirado meus tênis mofados do fundo da mochila.

Indiferente às buzinas, atravessei ziguezagueando a avenida à beira-mar e saltei por sobre o anteparo que separava o asfalto da praia. Na maré decrescente, avistei ao longe as silhuetas do menino e da velha, curvada como sempre sobre os rastelos de apanhar mariscos. Escanchado sobre o metal em brasa, detive-me a observá-los. A distância, pareciam perfeitamente imóveis, imersos na água até a cintura. Só seus braços e busto oscilavam num movimento lento e regular na superfície da água, como se os pés estivessem presos em cimento e o mar, por pena, tratasse de trazer sua pesca para perto. Em vez de descer daquele assento desconfortável e lançar minhas pernas rumo a outras areias, fiquei ali, deslocando o peso do corpo de uma nádega para outra. Não sabia o que diabo me segurava em frente àquele pedaço de mar recluso entre dois promontórios pedregosos, que pareciam estar montando guarda para impedir que aquela água impura se despejasse no puro turquesa do restante da baía. Uma espécie de prisão para águas turvas de que, afora o menino, a velha e seus rastelos, nunca tinha visto ninguém se aproximar, nem um barquinho se extraviar por ali.

Uma nuvem levada pela brisa engoliu de uma só vez o sol, o menino, a velha e o seu mar.

– Tudo bem, senhor, precisa de alguma ajuda?

Ergui a cabeça. O guarda estava com a mão esquerda na direção da bicicleta e a direita pendia sobre a coronha da arma. Tranquilizei-o em sua língua antes de esboçar um sorriso. Ele esquecera a braguilha aberta. Tornou a montar na bicicleta e puxou discretamente o zíper enquanto se punha a pedalar.

Observei o policial afastando-se e pensei, mais uma vez, que aquele país era um presente dos céus. Desde que pusera os pés ali, nenhuma vez tivera de usar oficialmente um documento de identidade sequer para mostrar a validade do meu visto que, por sinal, não teria tido como apresentar. Pois até quando cruzei a fronteira, os guardas que entraram no meu ônibus ignoraram solenemente aquele estrangeiro morto de cansaço. Eu pensava com frequência naquela série de circunstâncias e imaginava que se houvesse algum problema e eu chegasse a ser extraditado para uma prisão perpétua, pelo menos não poderiam me acusar de uso de falsa identidade (era incrível a semelhança entre o meu novo visual e a foto do passaporte emprestado), já que nunca a havia exibido a nenhuma autoridade. Chega a ser cômico o que passa pela cabeça de um fugitivo que custa a entender por que está sendo procurado.

O sol brilhava novamente. Desci do meu anteparo e, tomado por não sei que sentimento de revanche, me dei ao prazer de espezinhar tudo que aparecia debaixo dos meus tênis: areia, algas, pedregulhos, a escuridão dos pensamentos e a morna água marinha que aceitava seu encarceramento em nome da ordem e do progresso estabelecidos pelo homem. Tinha pressa em me afastar. Lá adiante, havia bambu em liberdade. Ideias mortas e coisas desnaturadas, afastem-se do meu caminho senão esmago vocês.

Eu havia reparado, já na minha chegada ao olhar pela janela do trem, num espesso bambuzal que cercava o estuário de um rio naquele recuo da baía, e para lá me dirigi a passos largos. Sempre fui fascinado pelo bambu. É impressionante a quantidade de coisas que dá para fazer com ele. O que eu mais gostava era, antes que ele fosse convertido em casas ou bazucas, de vagar entre os caules nodosos e fortes, mais altos que o céu e mais espertos que o vento, que mesmo com suas violentas rajadas ainda não dera jeito de quebrá-lo. Pobre vento, por possante e forte que seja, para o bambu não passa de música. Ele aproveita suas rajadas para se enfeitar como em dia de festa. Então dribla seus ataques frontais com uma graciosa flexão para a esquerda, um sensual rebolado para a direita, uma piscadela para o céu, uma genuflexão à firmeza da mãe Terra que lhe deixa a soltura suficiente para desfrutar de sua dança. Ser bambu, dissera um dia meu amigo quiosqueiro, só sendo bambu para não dar bola para as intempéries e aproveitar a vida. Por isso é que eu estava indo me esfregar nos seus caules. O bambu tem muito que me ensinar. Um passo depois do outro, o sol em pleno rosto e o ar nos pés, meus tênis entorpecidos estavam adorando.

Ao fim de uma ou duas horas de marcha – eu renunciara propositalmente ao relógio –, percebi que a baía se estendia por vários quilômetros e que nem sempre era possível percorrê-la acompanhando a costa. Ao contrário do que parecia indicar o meu mapa. Em várias oportunidades, tive de abrir caminho pela vegetação virgem a fim de contornar uma barreira rochosa intransponível ou um açude que eu imaginava repleto de bichos perigosos. A sede e os arranhões começavam a abalar minha vontade. Já nem tinha certeza de estar na direção certa quando, ao me acercar de uma pequena duna, reparei em seu topo uma mancha branca bem familiar. Com energia renovada, subi até o cume.

Sentada sobre um tecido indiano, ela contemplava a espuma na barreira de corais que protegia a baía em toda a sua extensão e que, na maré baixa, dava para alcançar andando com água até a cintura. Detive-me a poucos metros atrás dela e anunciei minha presença dando uma tossidinha. Ela não se moveu. Suas costas formavam uma linha reta, pescoço e cabeça bem aprumados. Acerquei-me e postei-me quase ao seu lado. Ela continuava imóvel, olhar fixo ao longe. Talvez lá onde se desenhava a silhueta de um cargueiro, mera tira preta comprida e fumegante afundada na linha do horizonte. Um petroleiro esvaziando as cisternas ao largo, quem sabe. Seria assim tão monstruoso aos seus olhos para que ela nem reparasse na minha presença? O que importava, à inflexível Áurea, uma infração ecológica tão corriqueira? E aliás, era só uma hipótese, mesmo nesse lugar do mundo existe quem respeite as leis de navegação internacional.

Entre suas pernas cruzadas, segurava uma mochilinha de couro branco, um desses pequenos caprichos de grife, pequena demais para esconder o inchaço de uma garrafa. Eu estava sedento.

– Olá – me atrevi, com o tom mais natural possível, enquanto demonstrava interesse pela paisagem que a princípio me atraíra até lá em cima.

Áurea virou a cabeça na minha direção sem mover um único músculo de seu corpo. Como se tivessem apertado no botão de uma máquina à qual só se pedia a execução desse único movimento. Ela primeiro pareceu sinceramente surpresa por não estar mais sozinha, e em seguida olhou dentro dos meus olhos e deu uma risada estranha. Ficou algum tempo assim, sorriso nos lábios. Lábios finos e brancos, como uma imagem do passado. Apesar da brisa marinha que se insinuava em meus cabelos, eu continuava transpirando e tirei para fora da calça uma aba da camisa para enxugar o suor. Aquele gesto, de repente, a arrancou de seu devaneio. Perguntou-me, com expressão divertida, de onde eu havia saído para estar encharcado daquele jeito. Apontei para a maré verde que se estendia ao longe atrás de nós. Ela achou graça, se pôs a rir, de verdade. Isso acontecia às vezes. Então, apontou o indicador na direção contrária à de onde eu viera.

– Tem uma estrada asfaltada ali. Uma caminhonete pega você na porta do hotel por uns poucos centavos, com ar-condicionado incluído. – E acrescentou com um ar alegre: – Gosto de subir até aqui e olhar ao longe. Não que eu veja coisas esplêndidas quando estou aqui. Mas fico num estado de embriaguez tranquila. Me sinto a dois dedos da paz, mas nunca resolvo me jogar nos braços dela. Mas você...

Eu adivinhei a pergunta; no embalo, ela se esquecera da sua desconfiança habitual. Incomodado com seu olhar perscrutador, já endurecido, olhei ao redor. O topo da duna não passava de um reduto de poucos metros quadrados de areia e algumas gramas ressecadas pelo sol e pelo vento. Apesar da bela vista sobre o mar, e existem outras muito mais grandiosas, aquele lugar não merecia um trajeto daqueles, mesmo que de caminhonete refrigerada. O que é que eu estava fazendo ali àquela hora, naquele cantinho só dela, onde nem os insetos vinham perturbar sua intimidade? Eu não gostava quando Áurea me olhava daquele jeito. Nessas horas, ela era capaz das reações mais ferinas. Poderia me insultar e se desfazer da minha presença como quem espanta uma mosca. Sedento e perdido, não querendo abrir mão de sua inesperada companhia, apressei-me em tranquilizá-la.

— O meu passeio até o interior da baía acabou virando um percurso de guerra. Eu estava completamente perdido e subi até aqui para tentar me situar. Podia esperar qualquer coisa, menos encontrar você. Não nego que foi uma surpresa agradável – concluí, conseguindo fisgar seu olhar.

Ela examinou novamente minha roupa grudada na pele. Não havia a menor dúvida, eu não poderia tê-la seguido pela estrada.

— Caramba, você é incontornável!

Ela dissera isso se exclamando, mas sua expressão já se suavizara.

— O interior da baía – ela repetiu, refletindo. – Mas qual delas, há dezenas de baías por aqui, muitas vezes uma dentro da outra. O que você estava buscando, afinal?

— Nada, era só uma ideia à toa, principalmente vontade de caminhar. Pensei também em ir até um bambuzal que eu tinha avistado do trem. E também havia um rio.

— Sei, só se chega lá de barco, é cheio de mosquitos e um verdadeiro ninho de cobras. Dizem que existem umas plantas raras naquele lugar, você é botânico?

Ela já estava zombando, eu gostava daquele jeito dela. Aliás, não era má ideia. Até então, ao longo da minha fuga, eu tinha me apresentado aqui e ali com um leque considerável de profissões – jornalista, historiador, até petroleiro –, mas ainda não tinha me passado por botânico.

— Não – respondi, no mesmo tom. – Estou pesquisando as vantagens da flexibilidade, por isso o bambu. Ser bambu, acompanhar o vento, percebe o que eu quero dizer?

— Conheci uma pessoa que poderia lhe ajudar nesse tema – ela suspirou, mergulhando o olhar no mar.

Era a primeira vez que Áurea fazia uma mínima alusão à sua vida. Fui imediatamente tomado por uma curiosidade voraz. Todas as perguntas que tinha me feito sobre aquela mulher, sobre suas estranhezas reais ou imaginárias. Inclusive sobre a relação delirante que, de uns tempos para cá, eu não conseguia deixar de fazer entre a brancura de seu rosto e a personagem informe do meu pesadelo. Num instante, aquilo invadiu minha mente com violência, perturbando-me a tal ponto que ela se ergueu num salto e recuou, assustada, como se estivesse sentada sobre uma serpente. Não saberia dizer o que passou pela cabeça dela e pela minha durante aquele longo instante em que guardamos um silêncio repleto de embaraço. Não recordo, por exemplo, como consegui evitar que ela descesse duna abaixo correndo, deixando-me ali plantado feito uma erva daninha naquele tantinho de areia. Em vez disso, descemos juntos e, como se nada houvesse, ela me convidou a voltar para a cidade por uma estradinha bonita que acompanhava a costa e da qual só ela conhecia alguns trechos difíceis.

– Vou avisando que o passeio vai ser comprido, mas pode valer a pena – ela acrescentou com um arzinho malicioso que eu ainda não conhecia.

Menos de meia hora mais tarde, deixamos a estrada por uma trilha escavada na pedra que, em alguns trechos, nos permitia andar lado a lado. Áurea avançava com uma rapidez surpreendente. Parecia bem disposta, detendo-se vez ou outra para comentar a singular beleza da paisagem. Ao longe, em meio ao verde compacto da mata que se estendia a perder de vista à nossa esquerda, apontavam aqui e ali massas rochosas tão altas e claras que seus picos desnudos acabavam se perdendo no azul do céu. O contraste com a pedra preta e cortante ao nosso redor aumentava a doce sensação de grandeza que aquela natureza inspirava. O caminho era tortuoso.

Tínhamos de subir e descer ininterruptamente, e não fosse o azul-turquesa salpicado de amarelo que de quando em quando vinha nos lembrar a proximidade do mar, a impressão seria a de uma trilha de cabras em algum cimo alpino. Me espantava o seu conhecimento do lugar, mas o que mais surpreendia era a sua mudança de humor. De súbito, Áurea já não era a mesma. Quer dizer, se não fosse por sua brancura inigualável (quem sabe uma espécie de reação alérgica ao sol?), a mulher que eu agora seguia de rocha em rocha não tinha nada a ver com aquela que um dia me arrancara uma manga da mão e depois me insultara em todas as oportunidades.

Eu não tinha noção alguma da distância que ainda nos faltava percorrer, quando ela escolheu um lugar à sombra para fazermos uma pausa. Foi um alívio descobrir que o inchaço em sua bolsa era uma garrafa de água, e não de uísque. Ela tomou um gole sem encostar a boca no gargalo, à maneira dos camponeses acostumados a partilhar a mesma garrafa. Tentei fazer o mesmo, mas escorreu mais água na minha camisa do que na minha boca. Desculpei-me, sem jeito, como se houvesse cometido não sei que grave pecado, o que a levou a rir feito criança. Até seu rosto, que parecia estar sempre contraído por algum pesadelo, com o riso assumia uma expressão infantil, como num início de puberdade. Fiquei ali encantado, segurando a garrafa numa mão e a tampa na outra. Não sei o que ela via em meu olhar, mas continuava rindo.

– Beba um pouco do jeito que está acostumado, temos muito chão pela frente, e não dá para desperdiçar água até você aprender a beber direito.

Ela não falou num fôlego só. Suas palavras eram sacudidas por um riso contido, ela chegava a ter lágrimas nos olhos. Por mais cômica que tivesse sido minha falta de jeito, não poderia, por si só, provocar aquela explosão de hilaridade. Pois decerto eram raras as pessoas que conseguiam beber daquela maneira sem derramar nenhuma água. Uma coisa à toa, um gesto que decerto lhe lembrara outros momentos, outras cenas. Onde teria aquela mulher, que enfrentava o mundo com a frágil nobreza de um antigo papiro, aprendido a molhar a garganta à maneira dos toureiros depois da estocada mortal? Eu até teria perguntado, mas sabia que ela tinha horror a interrogatórios. E eu também.

Ela olhou para o céu e se levantou.

- Perto daqui tem um lugar com bambu até dizer chega, já que faz tanta questão. Mas tem de fazer um desvio. Vamos lá, se quisermos chegar à cidade antes do anoitecer. Flexibilidade - ela repetiu, seguindo atrás de mim. - A arte dos ambiciosos, ir sempre mais alto, igualzinho a esse seu bambu.

Eu tinha uma vontade irresistível de retrucar, provocar uma discussão sobre um tema que, no fundo, só me interessava no sentido de satisfazer minha obsessiva curiosidade a respeito. Dessa vez, porém, não queria estragar tudo me precipitando. Fiz uma pausa, matutando sobre qual seria o tom mais adequado.

- Mas é uma planta, um vegetal que cresce bem alto, só isso. Você parece que lhe atribui características humanas. O que você tem contra algo que cresce ligeiro, alto, e enfrenta as intempéries até melhor do que as montanhas?

A trilha estava muito estreita para andarmos lado a lado. Ela se virou para me dizer:

"- Você é capaz de uns poucos atos inteligentes. Para um homem, até que não é pouco. Mas você não é tão esperto como requer a sua espécie. Não sei o que corrói você por dentro, a ponto de sobrar para mim, mesmo sem querer. Aliás, acho que nem você sabe. Mas você me fez rir, e eu já tinha quase esquecido o que era esse riso que vem lá da barriga. Isso para você não significa muito, mas saiba que para mim não é pouca coisa. Principalmente vindo de um homem do seu tipo.

"Eu não nasci ontem, e está na cara que eu te interesso. Por que não vai direto ao assunto e mata a sua curiosidade de uma vez por todas? É agora ou nunca, e não se esqueça de que sou eu quem está sugerindo. Sem meu consentimento, coitado, você não me arrancaria um olhar sequer. E você mencionou o bambu. Engraçado, eu também gosto de bambu! Gosto como quem, depois de afiar bem o facão, vai buscar o bambu mais bonito e, de um só golpe, põe fim à sua altura orgulhosa. Depois o leva para casa, para que sua flexibilidade seja, enfim, valorizada da única forma possível. O bambu vai ser cuidadosamente transformado em pedacinhos de madeira morta que vão servir à construção de um abrigo ou uma paliçada ideal. Só assim ele se torna útil e apreciado. Igual a esses grandes homens que servem mais a humanidade depois de mortos do que em vida".

Eu bebia suas palavras, mas, não sei por que motivo, sentia a necessidade de me mostrar superficial. Pensando nisso agora, acho que, mesmo tendo feito de tudo para provocá-la, eu não estava preparado para uma conversa assim. Eu ainda não sabia o que queria e, de repente, vinha o bambu, a dignidade, os valores, as palavras bonitas... Caíam em cima de mim e eu tentava me afastar.

– Você está me descrevendo como um homem sem qualidades, é isso que eu lhe inspiro?

Ela ia dizer algo engraçado, mas logo se retraiu por trás de um sorriso baço.

– Estou falando sério, muito sério.

Sem dúvida, ela de fato falava num tom diferente e com uma emoção particular. Olhei-a com curiosidade, e também com certo receio. Por fim, me decidi.

– Posso lhe perguntar sobre essa pessoa, essa que poderia me dar umas aulas de flexibilidade, é um amigo, um parente?

– Pode, sim, já disse que hoje é seu dia de sorte, mas é uma história longa, e nem tão bacana assim. Você me lembra muito esses vagabundos que dão uma de artista. Escritor, quem sabe. Combina com você. Pelo menos já tentou alguma vez, não é?

– Mais ou menos, eu...

– E aí você fala que está com bloqueio, que não consegue mais escrever porque, toda vez, a personagem é você mesmo, a história também é sempre a mesma e você já está cheio das fugas e dos fugitivos e já jurou que não vai mais escrever nenhuma palavra sequer. É isso?

Eu estava pasmo.

– Em parte. Mas não vá achar que...

– Tudo bem. Eu vou lhe dar um tema, nem que seja só pelo prazer de deixá-lo um pouco mais frustrado, acabando com essa boa desculpa da falta de assunto. Nem uma palavra, por favor. Ou melhor, pegue o seu lenço.

12

Ela esperou que a trilha ficasse larga o suficiente para eu poder andar ao seu lado e, num tom tranquilo, preciso, começou a contar sua história.

– A minha vida é um desastre. Nasci numa cidade mediana, num grande país do outro lado do mundo. Terra de imigrantes, tão vasta e tão rica que houve um tempo em que se sonhava fazer dela uma grande potência econômica mundial. Minha cidade não era grande, mas cumpria um papel importante na região. Era industrializada e atraente, no meio de uma planície. Quando eu era pequena, achava que ela era enorme. Para uma criança, uma onda, uma árvore, tudo é grande. Era assim que eu via minha cidade. De início, ela se estendia à margem esquerda de um rio, e depois, crescendo, saltou para a outra margem, e não demorou para o rio se tornar seu centro, como o Sena em Paris. Não longe dali há uma montanha, um imenso bloco de pedra preta que domina a planície. Não dá para pensar na cidade sem primeiro pensar naquele pico. Ele está sempre visível. De onde quer que se olhe, lá está ele. Dá para enxergar até de olhos fechados. Quando eu era estudante e voltava da capital nos fins de semana, ou mesmo depois, quando meu trabalho permitia que eu fizesse uma visita aos meus pais, era uma sensação boa chegar pela estrada e avistar aquele pico atrás de cada curva. Dava para pensar: estou em casa.

Ela deu uma risadinha e em seguida mergulhou num devaneio. Estaria revendo o seu pico? Eu evitava os olhares diretos de medo de romper alguma coisa. Ela permaneceu calada por três longos minutos. O sol ainda estava alto, o mar urrava por trás dos rochedos.

"– Passei a maior parte da minha infância numa fazenda, a uns vinte quilômetros da cidade. Era uma fazenda grande, centenas de hectares, em parte bem cultivada ou destinada para o gado; o restante ficava abandonado e reservado para a caça. A casa, de estilo colonial, tão grande que eu me perdia lá dentro, ficava no meio da fazenda. Ao lado dela, tinha um açude com um tipo de peixe, esqueci o nome, bom de se comer. O açude era fundo e lamacento, por isso me foi proibido durante muito tempo. Mas eu ia lá assim mesmo, brincava com os patos. Havia muitos patos, de tudo quanto é cor. Aquelas horas roubadas, junto da água, molhando só um pouquinho os pés para sentir o gosto do perigo e provocar o demônio escuro que supostamente dormia lá no fundo, mais o medo da surra que eu iria levar se descobrissem, causavam-me tamanha comoção que até hoje eu sonho com elas. Também aprendi a andar a cavalo, vivia perseguindo os bois, correndo atrás de tudo que é bicho. Eu tinha uns quatro ou cinco anos, eram meus primeiros passos pela vida. Eu adoro cavalos. Mais tarde, com a minha profissão, fiquei sem tempo para montar, e quando montava, levava dois dias para me recuperar. Mas antes disso a fazenda era a minha fuga. A gente ia direto para lá. Tínhamos boas relações com os fazendeiros da região. Costumávamos nos encontrar para um churrasco, para dançar. Eram grandes latifundiários. Viviam na opulência, mas, como lá em casa, eles davam trabalho para centenas de pessoas que de outro modo não teriam como alimentar suas famílias. Eu não gostava deles, muitos eram cruéis, grosseiros, principalmente com as mulheres. Viviam bebendo, e quando já estavam de porre puxavam as armas e atiravam para cima. Mas...

"Eu gostava muito de um deles, que chamavam de Fofo, não lembro o verdadeiro nome dele. Era um homenzinho de bochechas rosadas, com um bigode fininho. Ele parava a caminhonete longe da casa para não levantar poeira e sempre tirava o chapéu para cumprimentar. Sabia inglês e conhecia a história do país. Chamava minha mãe de 'dona' e a mim, de 'senhorita'. Nunca o escutei levantar a voz, e era o único que não arrotava em público. Tinha gente que achava que ele era *gay*, por causa dos seus modos meio refinados. Naquela idade, eu não sabia o que era isso, mas meus pais diziam que não era verdade, e não estavam errados. Ele às vezes me levava para visitar suas terras, e eu subia com ele naquelas máquinas agrícolas mágicas que devoram as espigas e enchem sacas de trigo. Ele respondia às minhas perguntas uma, dez, cem vezes se preciso fosse, sempre com um sorriso nos lábios. Aprendi muito mais com ele naquela época do que em todos os meus anos de estudo.

"Como era mesmo o nome dele... que chato, não consigo me lembrar. Enfim, durante muito tempo pensei que ele fosse o patrão, mas na verdade ele era uma espécie de administrador da maior fazenda das redondezas. A única que funcionava de fato. O proprietário dessa fazenda era um canalha, controlava toda a região. Quase não era visto por ali, mas quando aparecia todo mundo tremia. Bem ao contrário de Fofo, que era muito humano com os trabalhadores. No entanto, por causa de um acidente bobo, ficou com fama de torturador, o que era pura mentira. Eu estava lá naquele dia. Era o começo do verão, quando os campos de trigo já não estão mais verdes, mas ainda não estão bem dourados. Eu tinha passado parte da tarde com Fofo, e ele me levava de volta para casa, quando estacou de repente no meio da estrada. Desceu da caminhonete e correu na direção de um dos seus empregados que, a poucos metros dali, chutava alguma coisa que, num primeiro momento, eu não consegui perceber o que era. Então, quando me aproximei, vi tudo. O homem, obviamente bêbado, dava risada cada vez que conseguia esmagar um filhote de codorna, enquanto a mãe, apavorada, saltitava em volta do ninho. Fofo tentou segurar o homem, mas ele o empurrou com força e, com uma gargalhada demente, esmagou mais um passarinho. Fofo então lhe deu uma bofetada. Com olhos injetados de sangue, o homem puxou uma faca da bota. Eu estava atônita. Fofo esquivou-se de dois ou três golpes, mas acabou caindo de costas; o homem foi para cima dele. Nisso, surgiu uma pistola na mão de Fofo. Ele apontou a arma e gritou: 'Para, para', chamando o homem pelo nome. Mas ele se jogou em cima de Fofo, que atirou, atingindo-lhe a perna. Eu corri para me esconder dentro da caminhonete. Depois, foi o próprio Fofo quem levou o homem até o hospital. Na época, eu não tinha consciência, mas esse episódio iria me marcar para o resto da vida. Foi o que, anos depois, me levou a tomar decisões extremas.

"Acidentes desse tipo, e até piores, aconteciam com frequência naquela planície. Não era raro uns capangas a serviço do patrão matarem camponeses que se atreviam a erguer demais a cabeça, sem que isso causasse maiores escândalos. Dessa vez, porém, foi diferente. O tal empregado, levemente ferido na perna direita, era filiado a um desses sindicatos agrícolas que, na época, vinham pipocando por todo o país. Eles a princípio defendiam os direitos dos trabalhadores explorados, apoiavam os pequenos proprietários, estimulavam os mais desfavorecidos à ocupação de terras e não sei mais o quê. Uma parte da imprensa os defendia, mas eu também ouvia meu pai falar que esses sindicatos eram um bando de vagabundos, bandidos anarquistas. Enfim, o fato é que Fofo acabou na mira do sindicato, que, recontando os acontecimentos do jeito que quis, em menos de dois dias o colocou no papel do patrão escravocrata nojento, assassino do povo. Versões mirabolantes do acidente corriam de boca em boca. A mais difundida era a de que Fofo teria atirado no seu empregado porque este se recusara a dar chibatadas num colega. O que mais espantava a minha mãe é que até os outros proprietários, que costumavam se apoiar nesses casos, dessa vez não disseram uma palavra sequer em defesa de Fofo. Mais tarde, houve um processo e eu fui chamada para testemunhar. Fofo foi inocentado, mas nunca se recuperou do golpe.

"Muitos anos depois, quando eu soube que a propriedade havia sido invadida por camponeses e que Fofo fora escorraçado feito um malfeitor, senti como se me roubassem parte da minha infância. Na época eu já estava na faculdade, conhecia os problemas do país, a desigualdade entre os que possuíam milhares de hectares e o restante, o povo que morria de fome. Mas continuava me perguntando por que tinham atacado Fofo com tanta violência, e não os outros que, estes sim, eram legítimos canalhas. Algum tempo depois da ocupação da fazenda, Fofo se suicidou. Não suportou ser tratado como sendo igual ao seu patrão, que, aliás, depois disso, conseguiu aos poucos comprar de volta, a preço de banana, suas terras que tinham sido expropriadas. Enfim, assim era no meu país. Eu não sabia nada sobre todo aquele movimento de revoltados, mas, a princípio, compreendia que havia injustiça demais, e que alguma coisa tinha de ser feita. Essas coisas não me tocavam diretamente, mas eu entendia o saco cheio geral.

"Foi uma decepção terrível quando, depois de uma longa ausência, voltei para casa e a fazenda do Fofo já não passava de um terreno baldio. Das pastagens, das vacas, do canto dos camponeses, só sobraram seca e ferrugem. A casa grande de pedras estava cercada por um acampamento improvisado em que uma multidão de homens e mulheres andava para lá e para cá, mas sem nenhuma ferramenta na mão. A parte que ficava próxima ao rio, a mais rentável, estava completamente dividida por arame farpado. Eles, os ocupantes, vendiam aos poucos aquela terra que Fofo tinha transformado em jardim, assim como as máquinas que o governo tinha fornecido para eles trabalharem. Meus pais estavam nauseados, enquanto eu, deprimida, permanecia calada. Na faculdade, haviam me dado outra versão sobre aquelas ocupações de terra. E eu não queria virar a casaca logo ao chegar em casa. Não tão depressa.

"Você deve ter percebido, claro, que estou indo contra a minha deontologia expondo assim minha vida com essa indecência. Mas não pretendo abrir aqui o álbum da família. Só dar duas palavrinhas sobre os meus pais. Para situar o contexto."

Nossos calçados avançavam um atrás do outro pela poeira, enquanto o calor parecia provocar vagas oscilações no ar, contrastes fulminantes de luz. A voz de Áurea, ao mesmo tempo abafada e clara, parecia surgir de uma distância insondável. Deixei-me embalar no nostálgico balanço de suas palavras, mesclando minhas próprias recordações às dela, vidas distintas que se tocam e invadem o passado uma da outra. Contar a si mesmo é mais do que contar uma história, é um abandono anestésico que aos poucos vai embaralhando os contornos, aparando as arestas dos fatos para transformá-los em lembranças viáveis. Os pais. Apesar de toda a independência que exibia, seria Áurea capaz de voltar para casa sem esquecer das frustrações e dos conflitos, das chantagens indulgentes que tecem os laços familiares? Eu mesmo era incapaz disso. Minha pobre mãe. Sempre lamentei seu caçula não ter saído como ela queria. Ela sonhava com um filho inteligente e responsável, que se tornasse alguém na vida e fosse o orgulho da família. Como o destino sabe ser insolente, caramba! Eu não tinha, infelizmente, disposição para me tornar médico ou engenheiro, e não era capaz de lhe explicar por que achava mais importante cuidar mais do mundo do que de mim mesmo.

"– Minha mãe trabalhava", ela começou, erguendo a cabeça. "Era dentista, mas continuava estudando. Meu pai cuidava da fazenda. Eram bem diferentes um do outro. Ele se fizera sozinho, tinha conhecido a pobreza. Tinha doze ou treze irmãos, e quando seu pai os abandonou foi ele quem passou a sustentar a família. Ao passo que minha mãe, embora vivesse do seu próprio trabalho, vinha de uma família rica. Meu pai, por sua vez, tinha tino comercial, sabia administrar, seu talento para os negócios nos permitia um nível de vida até mais alto do que o de pessoas que tinham muito mais bens do que nós. Eu admirava essas qualidades. Ele era bem relacionado e tinha facilidade para fazer amizade com um monte de gente, principalmente com quem contava. Mas não era muito presente na família. Saía o tempo todo, dormia fora de casa... Eu queria que ele fosse mais atento, carinhoso. Que ficasse até tarde da noite conversando com a gente na cozinha, a família toda reunida. Mas não era o estilo dele, e ele se mostrava cada vez menos afetuoso conosco. A comunicação familiar já fazia parte do passado. Eu queria que ele voltasse a ser o que era, quando a gente era pequeno e ele nos pegava no colo. Mas a diferença essencial entre meus pais era cultural. Eles não tinham tido a mesma educação, e foi essa a causa real da separação. Minha mãe fazia questão de ser independente. Mesmo trabalhando, sua vontade de saber mais, de brilhar onde quer que houvesse algo a aprender, nunca esmoreceu. Ele também tinha ambições, mas as dele não iam além do âmbito comercial. Quando menina, é claro que eu não me dava conta dessas diferenças. Eu tinha um pai e uma mãe, e isso é fundamental para uma criança. As coisas foram se complicar mais tarde. O clima em casa foi se tornando cada vez mais pesado, e ao crescer fui tomando consciência disso. Vivi muito mal esse período. Meu rendimento na escola baixou, eu vomitava o tempo todo, desmaiava sem mais nem menos. Quando percebi que a situação familiar tinha se tornado insustentável, conversei com minha mãe sobre divórcio. Me enchi de coragem e falei que ela não era feliz, que ela tinha de seguir seu próprio caminho. Eu era quem mais queria a separação deles. Eles se separaram quando eu estava com quinze anos. Mais tarde, minha mãe conheceu o meu padrasto. Ele era vinte e cinco anos mais velho do que ela, um homem de boa situação financeira e muita modéstia. Eu o aceitei de imediato. Era um homenzinho rechonchudo, com uma perna levemente mais curta do que a outra.

Eu tinha uma imensa admiração por ele, eu o adorava, e o Toni, por sua vez, simplesmente o adotou. Vivia no colo dele, a ponto de deixar o verdadeiro pai louco de ciúmes nas suas raras visitas. Ah, sim, esqueci de dizer que eu tinha um irmãozinho, meu queridinho, o Toni, oito anos mais moço do que eu, um gênio na escola. Lindo como um anjo. Éramos muito unidos. Ao crescer, fomos nos tornando cúmplices, a gente saía junto, dividia bobagens e segredos. Nosso padrasto adorava a gente, ele nos ajudou muito, sempre alegre, de bom humor, exatamente o tipo de homem de que minha mãe precisava. Ela enfim estava realizada. Tinha se casado aos dezoito anos, quando ainda não sabia nada da vida. Estava longe de imaginar que aquele primeiro namorado que apareceu em sua casa, nosso pai biológico, iria roubar sua juventude, tiranizar os próprios filhos a ponto de obrigá-los a fugir. Mas isso tudo eu só vivi muito mais tarde. Até os meus doze anos eu era uma menina feliz. Amava a minha família, minha cidade, a fazenda tão próxima; era uma boa aluna, céu e terra só existiam para me fazer sorrir. Foi só depois que os problemas começaram. Meu pai, entre outras coisas, enfiou na cabeça que eu tinha de cursar odontologia, que era a última coisa que eu iria escolher. Por causa disso, as brigas com ele se tornaram diárias. Odontologia significava continuar meus estudos na cidade, enquanto tudo o que eu queria era sair de lá e ir para a capital. Toni, infelizmente, era muito pequeno para andar com as próprias pernas, mas eu, de minha parte, queria morar sozinha, conviver com jovens com os mesmos gostos que eu. Era a época em que se ouvia The Doors – chorei quando Jim Morrison morreu –, The Who e outros grupos do gênero. Aos dezessete anos, quando conheci meu primeiro namorado, passei a escutar os intérpretes mais famosos do país. Eu adorava dançar todo tipo de música. Fazia cursos de dança. Era a minha paixão, mas o Giovanni, meu namorado, tinha pavor de dançar. Era tímido, um horror, não gostava de conversar com as pessoas, era incrível ser tão fechado aos vinte e sete anos. Ao passo que eu, com minhas botas de couro e minissaia, tinha vontade de acolher o mundo inteiro nos braços. Ele, imagina, era dentista, sempre vestido de branco, sempre bem penteado. Ele, que cuidava do cabelo mais do que de qualquer outra coisa, acabaria careca. Deve ter sido um golpe. Tornei a vê-lo muito tempo depois, com suas mechas tapando a cabeça calva, não pude deixar de rir. Me perguntei inúmeras vezes o que teria me atraído nele, e nunca descobri. Sua maturidade, talvez, dez anos de diferença são um bom argumento para uma garota que quer andar depressa. Ele não enxergava nada além do meu corpo benfeito e uma suposta mescla de desinibição e moralidade que o levava a sonhar com o casamento perfeito. Foi o que me bastou para deixá-lo, eu não via nas suas 'apreciações' senão uma boa dose de machismo. E, ainda por cima, ele era dentista.

"Passaram-se os anos, tornei-me uma mulher e, afora as inevitáveis dores de amor, estava longe da insuportável apatia de outrora. Entretanto, me formei e, antes de me lançar numa profissão, fiquei um tempo aproveitando a harmonia familiar redescoberta. Meu irmão se tornara um jovem encantador, encontrara o amor da sua vida e quis se casar. Meio precipitado, decerto, pois assim que tiveram um filho começaram a aparecer os problemas. Acho que ela não o amava como ele a amava e acabou indo embora com a criança.

"Na época, pensei estar vivendo o que pode haver de pior com a morte do meu irmão. Fiquei como que em transe, incapaz de reagir. Trancada no quarto, ficava fitando o teto, como quando, adolescente, acordava de um bonito sonho para a apatia do dia. Quando se sofre uma grande tragédia, é impossível imaginar que ainda possa acontecer algo pior. Mas quanto mais se anda pela vida mais o chão afunda sob os nossos pés. Eu ainda iria conhecer o pior, mas só muito mais tarde. Meu irmão morreu num dia 15 de agosto. Era inconcebível. Lembro de tudo, menos do tempo que fazia naquele dia. Eu ainda seria capaz de reconstituir minuto por minuto aquele dia atroz, até os detalhes mais insignificantes, mas não saberia dizer se estava chovendo ou se havia sol. Ele não completara vinte e um anos, seu filho tinha apenas um e meio. Eu e o Toni éramos muito unidos. Ele era alto, tinha cabelo liso e moreno. Um garoto bonito. Ele ainda me considerava sua melhor amiga, e com o nascimento do bebê a família inteira parecia renascer. Meu cursos de especialização na capital me obrigavam a me ausentar de casa com frequência, mas entre uma visita e outra eu só pensava na hora de voltar para casa e abraçar meu sobrinho. Dizem que a história sempre se repete, mas nunca da mesma forma. Passado algum tempo, como foi o caso com meus pais, a situação entre meu irmão e sua mulher começou a azedar. Eles brigavam o tempo todo e, por fim, acabaram se separando. Ele nunca aceitou essa decisão, chegava a chorar. Ainda amava a mulher, queria que ela voltasse. Ela, ao contrário, se mostrava muito agressiva, a ponto de impedir que ele visse o filho. Em vez de ceder à depressão, ele se jogou em várias atividades. Durante meses, trabalhou feito um condenado. O objetivo dele era construir uma linda casa em que pudessem, juntos, começar uma vida nova. Ele acreditava nisso. Algum tempo depois, sua mulher voltou a frequentar nossa casa, trazia o bebê, o que alimentava as esperanças dele. Mas era só uma ilusão, ela se mostrava dura, sem concessões. Toni não suportava. Certo dia, estávamos todos lá em casa, houve uma gritaria, a minha mãe chorava. De repente, ele pegou o menino no colo, colocou-o suavemente no chão e saiu correndo em direção à janela.

"Quando seu corpo sumiu de minha visão, senti minha cabeça se esvaziar de repente. Não via nem ouvia mais ninguém. Não sei como, dei comigo na calçada, junto ao corpo dele inerte, os olhos fixos nos pedaços de cérebro espalhados em volta. Droga, que tempo fazia?".

Ela se calou, continuando a andar sem despregar os olhos do caminho. Eu estava transtornado. Sem ousar erguer os olhos para ela, deixei escapar uma banalidade.

- Que experiência terrível.
- Me poupe da sua pena, não preciso disso, como você também não precisa – disse ela, estacando subitamente.

Sua voz estava áspera. Ela desviou o rosto e, por um longo instante, permaneceu em silêncio, fitando um dos picos brancos que apontavam em meio à maré verde da mata à nossa direita. Então, como voltando do deserto, lançou um olhar para a garrafa e, ao ver que estava quase vazia, fez um beicinho que tinha todo o jeito de um sorriso de desculpas.

– Você já está cheio? – perguntou, repentinamente, sacudindo a garrafa na direção do mar, do qual avistávamos um fragmento entre dois rochedos.

– Cheio do quê?

– De ver o tempo passar. Olha, a maré está subindo, está quase na hora de as meninas de short desfilarem no calçadão. Elas caminham ligeiro para manter a forma, depressa demais para prender um homem. Você já não se cansou de ver elas passando, dia após dia, com o peito empinado e os olhos grudados nos bebedores de cerveja que não têm tempo de tirar a bunda da cadeira? E desse sol sempre igual, e de escutar a minha história...

Se ela soubesse! Ficar escutando ela falar, sair daquele tempo que tinha perdido o relógio e voltar às palavras que, para mim, tinham perdido sua origem e razão de ser e pareciam lembranças de sensações conhecidas. Não, eu não estava cansado. Tinha medo, isso sim. Medo de que a emoção daqueles momentos de vida recuperada não passassem de um encantamento e de que o rosto sombrio do meu pesadelo me deixasse novamente cair no vazio. "Continue, por favor", eu pensava com veemência descontrolada. Sentia-me imperioso, irresistivelmente atraído por ela, por tudo o que ela dizia ou fazia, como por uma força da natureza. Eu não disse nada e ela continuou me observando com lampejos de tristeza e, em seguida, desconfiança.

– Você quer saber, não é? Fica excitado ao partilhar a desgraça dos outros. Não se preocupe, vai ter a sua dose, mas, coitado, isso não vai lhe trazer nada de bom. Você precisa é de outras coisas.

Ela esboçou um sorriso, então ergueu a garrafa e mal molhou os lábios. Depois, recomeçou a andar.

"– Enfim, voltando à minha história. Um dia, arrumei a mala e saí da casa dos meus pais pensando em voltar só muito tempo depois. Resolvi enfrentar a vida, a socos se preciso fosse. Meu irmão era doce demais para resistir a este mundo. Teria sido devorado mais cedo ou mais tarde, mas mereceria ter visto mais alguns pores do sol. Sua morte transformara a minha vida. Nunca fui de ir à igreja, mas lá em casa todo mundo acreditava, e eu seguia a corrente. A partir de então, nunca mais acreditei na existência de Deus. Eu me tornei amarga.

"Antes disso, eu era o motor da família, a peça forte, aquela que animava, que os outros esperavam para levá-los passear de carro. Era destinada ao sucesso. Sem meu irmão, o encargo ficava mais pesado. Eu me endureci. A paixão que me animava, ou o que restava dela mesclada aos despojos do meu irmão, me fez seguir a vida e crescer na minha profissão, mas sem nenhum entusiasmo. Certo dia, um colega comparou minha sensibilidade face aos golpes da vida com a de um ônibus israelita apedrejado pelos palestinos. Que idiota, ele nem sabia onde ficava Israel e tinha a pretensão de julgar a culpa que eu carregava na alma. Consegui um emprego numa grande indústria farmacêutica e, em pouco tempo, galguei ao topo do departamento de vendas."

– Veja só – ela disse de repente, mostrando a palma da mão como se contivesse um presente. – O conhecimento detalhado dos remédios e dos sintomas que eles deveriam curar era o bê-á-bá da minha futura profissão e, ainda assim, durante aquele tempo todo de estudos eu não tinha reparado na depressão que acabou matando o Toni. E isso, puta merda, eu até hoje não engoli.

– Mas não foi sua culpa. Você...

Um daqueles seus olhares travou na minha garganta o que eu ia dizer.

— Guarde sua pena para você. Parece estar precisando dela. Além disso, não se corta a palavra a uma senhora.

"— Bem, eu era um ônibus, como dizia aquele babaca. Mas naquelas viagens de um lado a outro do país, me acontecia de parar o carro na beira da estrada para chorar. Eu ficava um tempão com a cabeça apoiada na direção. Olhava para as minhas lágrimas molhando o tapete, queria me exaurir, virar uma poça de lágrimas. Mas nunca deixa de aparecer um idiota para parar, e falar, e falar até te pôr de novo na estrada como se faz com um ônibus.

"Fiquei muitos anos naquele estado de espírito. Tempo suficiente para ser valorizada em meu trabalho e garantir um salário que, no meu país, só os políticos podem se permitir.

"O tempo passa e a idade aumenta. Aos trinta anos completos, uma mulher começa a olhar para os filhos dos outros e apalpar seu ventre vazio. Meu irmão estava morto porque, no fundo, só o que ele queria era uma família unida, que ele tinha tudo para merecer. Era um rapaz bonito, bem-educado, um lutador cheio de amor para dar. Ele era guiado pela perfeição, o estrago o levou à morte. O maior presente que poderia lhe dar era realizar o sonho dele. Com essa ideia, aos pouquinhos e sem perceber, fui mudando os meus hábitos. Voltei a experimentar o prazer de viver. Procurava o meu homem. Que bobagem, como se isso fosse assim. Que desastre que são os homens. Um dia vocês ainda vão sumir da face da Terra, já se tornaram inúteis; pior ainda, se tornaram nocivos. Não se anime", disse ela, adivinhando meus pensamentos, "vocês não vão ter direito a uma suave extinção natural. Vão apodrecer antes disso".

— Muito estimulante, obrigado.

"— Babaca.

"E babaca eu também, com esse meu gênio difícil. Os fracassos familiares, a educação, um maldito orgulho, e só o diabo sabe que outra herança genética. Enfim, o fato é que, somando tudo, eu tinha um medo danado de me enganar. Eu saía, dançava, viajava, falava de amor, aguentava o blablablá político e transava também. Mas, ao amanhecer, quando abria os olhos e dava com o homem que roncava ao meu lado, sempre me perguntava o que eu estava fazendo ali. Era mais forte do que eu, antes mesmo de ver a pessoa eu reparava em seus defeitos. Tudo bem, alguns até valiam a trepada, e na época eu não me privava. Mas daí a dividir a vida, só de pensar eu pulava da cama e me mandava o mais depressa possível. E seguia procurando o meu homem. Um homem de verdade, responsável e perfeito, porque eu mesma era assim. Mas só encontrava falsificações grosseiras. A que ponto chegaram os homens? Você não vai me perguntar como devia ser o homem da minha vida."

– Não se corta a palavra a uma senhora.

"– Tudo bem, você é mais idiota do que eu pensava. O indispensável, caramba! Ele simplesmente tinha de ser bonito, culto, carinhoso, esportivo, bom de cama, alegre, curioso, ganhar mais do que eu e ser cinco anos mais velho, ou mais.

"... Juntos, a gente criaria nossos filhos, numa casa grande, e ele me beijaria na rua mesmo cem anos depois de casarmos. Eu não estava pedindo a lua, estava? No entanto, acredite se quiser, nunca encontrei um cara à altura. Encontrei algo parecido, uma vez, mas foi apenas um fascínio. Meu último acidente. Meu bambu. O fim de tudo.

"Mas antes disso, andei atrás do meu príncipe. Ele tinha de existir em algum lugar, ou não estaria presente em minha mente. Eu ia encontrá-lo, isso era certo, e no dia em que acontecesse o milagre, tudo tinha de estar no lugar. Me empenhei a fundo no trabalho, queria ganhar dinheiro para comprar o nosso ninho de amor. Que ninho, que nada, um castelo, um lugar bem pertinho do céu. Um paraíso forrado de amor. Queria que fosse maior que a casa sonhada por meu irmão. Com mais quartos, mais mesas, um montão de cadeiras. Teria de dar para reunir toda a família e ter lugar para todo mundo. Eu também tinha, além de tudo, me formado em arquitetura. Um toque de extravagância no cenário daria início a um novo capítulo da mesma história. De *tailleur* e maleta, eu cultivava o meu sonho ziguezagueando por aquelas estradas que caíam aos pedaços e jamais foram percorridas por ministro algum. Não sei de onde tirava minha energia, mas, além das horas de trabalho e sem descuidar da minha vida social, em menos tempo que o previsto concretizei meu sonho, transformando, ao meu gosto, a cobertura de um luxuoso prédio da capital. Quem dera meu irmão pudesse ver! Eu tinha arrumado o quarto que seria dele igualzinho ao seu – mesma disposição e a colcha trazida por minha mãe. Só as luminárias eram diferentes, eu sempre achara lamentável a lâmpada pendurada num fio do seu quarto. Ele também, aliás, mas para que trocar uma lâmpada na casa dos pais se a gente sonha em se mudar para uma estrela? Enfim, estava tudo ali, até a piscina no terraço. Só faltava o príncipe. Mas não se pode ter tudo ao mesmo tempo. Enquanto isso, comprei uma cadela que, juro, sabia latir 'mamãe'. O problema é que a danada se negava categoricamente a fazê-lo diante das visitas, mesmo que com isso me fizesse passar por alucinada. Uma cabeça-dura inveterada aquela cadela, a ponto de se deixar atropelar por um trator para não ter de ceder passagem. Mas isso também já faz parte do fim. Antes, ela latia 'mamãe' a cada vez que perdia meu rastro naquela casa enorme, em que meu futuro próximo estava escrito em letras maiúsculas num recanto que eu mandara fazer sob medida. Eu era independente, profissionalmente realizada, tinha diante de mim uma carreira de alto voo. Eu me queria rica, com um homem maravilhoso, dois filhos e viagens em alto-mar. Adorava navios, as ilhas gregas, a Europa. Mas, antes de mais nada, um homem que me completasse. Agora sei que eu simplesmente ansiava ser uma dondoca. Mas, naquela época, era o meu estilo de vida. Eu me sentia bem assim, minha vida me agradava e me preenchia. Não tinha por que mudar. Com o tempo, acabei percebendo outra coisa – não era inteligente como pensava. Dessa inteligência que hoje me reduziu ao silêncio. Na verdade, não havia a menor chance de eu me tornar uma dondoca respeitável. Mas, naquele momento, eu acreditava naquele mundo, desfrutava dele, aceitando-o sem reservas."

Ela me lançou um olhar desafiador.

"– Já você é um deslocado crônico, um consciente incompetente ou um doido. Dá para escolher a palavra, mas, acredite, dá na mesma. Não faça essa cara. Você errou de século. Não tenho a menor dúvida de que os princípios que você carrega estão desatualizados. Você caminha dentro de uma gaiola achando que está fugindo dela. Chega a ser engraçado. Enfim.

"Eu era uma mulher deste mundo, me achava bonita, honesta, sociável, dotada de senso de humor. Nada poderia me impedir de encontrar um homem bonito, alto e moreno. Era assim que eu o imaginava."

13

Já havíamos andado um bocado, sem nunca nos afastarmos muito da costa. Mesmo que o mar ficasse a maior parte do tempo invisível atrás das rochas altas e escorregadias, o som surdo das ondas nos acompanhava o tempo todo. Sem ter noção de onde estávamos, eu olhava em todas as direções buscando um ponto de referência, mas era impossível imaginar a distância que ainda nos separava da cidade. Parecia ser sempre a mesma paisagem nos seguindo desde o começo.

Passado algum tempo, Áurea diminuiu ligeiramente o passo, não sei se por cansaço ou se para adaptar o ritmo da marcha ao de suas lembranças. Ainda era, porém, um passo firme e constante e, afora algumas olhadas de soslaio para conferir se eu ainda estava acompanhando, raramente se virava para mim.

A trilha, às vezes, não passava de uma fissura escavada por chuvas torrenciais. Um pé depois do outro, Áurea avançava sem prestar atenção em mim, que me esforçava para alcançá-la de modo a não perder o fio da meada. Ainda espantado com sua imprevista mudança de atitude, não conseguia evitar de espreitar, com toda a discrição, aquele semblante repentinamente capaz de demonstrar a emoção causada por seu relato. Apesar dos enrijecimentos intempestivos que, me parecia, tentavam refazer a inacessível distância que a apartava do mundo inteiro, naquele momento a geleira Áurea já não era mais que neve primaveril resistindo a custo aos primeiros raios de sol.

Sou até hoje incapaz de decifrar as diferentes expressões de seu semblante, que exibia, a uma só vez, uma espécie de feliz indolência e uma dor jamais desfeita. Eu não a teria interrompido nem por todo o ouro do mundo.

Ela arrancou um fiapo de grama e retomou, com seu meio sorriso:

"– Acabei encontrando o meu príncipe. Para ser mais precisa, foi ele que me encontrou. Confesso que, na hora, custei a reconhecê-lo. Estava vestido de camponês, fedia a óleo diesel e, além disso, eu nunca tinha ouvido falar num príncipe de cabelo crespo. Quando ele desceu do trator, fiquei impressionada com o seu tamanho. Ele vinha em minha direção balançando os braços ao longo de um corpo que tinha crescido todo em altura. Nele, nenhum vestígio dessa virilidade que infla o tórax, e da barriga de camponês que ele devia ser. Mas aquela primeira impressão, de uma pessoa inofensiva, não durou mais do que um instante. À medida que ele ia chegando mais perto, o que parecia ser um homem curiosamente esguio se transformou numa criatura gigantesca, toda de nervos e músculos sarados. Tranquei maquinalmente portas e janelas. Minha bomba de pimenta, trazida dos Estados Unidos pelo meu chefe, escapulira para debaixo do banco. O homem pôs uma mão no capô do carro. Eu agora só enxergava parte do seu torso nu. Sua bermuda, flutuando ao vento, não tinha como esconder uma arma, mas com aquele tamanho ele poderia me esmigalhar com uma mão só. Eu não era um produto da cidade, do tipo mocinha bonita e frágil que só se aventura nas marginais num carro 4x4 e se sente estuprada pela careta de um motoqueiro. Eu era de outra cepa, e a violência, a verdadeira violência, a violência vermelho sangue que gruda nas narinas, essa eu tinha vivido de perto. Foi decerto a vida dura da fazenda que, posteriormente, me ajudou a abrir caminho naquela selva de machistas de terno e gravata. Mas ali, longe do meu pico, face àquele varapau cujos olhos eu não conseguia enxergar, estava morrendo de medo. Tinha ouvido meus colegas contarem coisas incríveis sobre aquelas estradas sem-fim no meio do nada. Prendendo o fôlego, espreitava suas intenções através do vidro fumê do meu carro de serviço. Buscava o seu olhar, queria ver qual era a dele. Ele se abaixou e grudou a cara no vidro. Ao perceber o meu pânico, teve uma reação de espanto. Então, recuou vários passos e parou no meio da estrada. Esboçou um sorriso zombeteiro, até reconfortante. E esperou, parado, durante um longo minuto. Por fim, e já que eu não me decidia a mostrar a cara, lançou um último olhar ao fio de fumaça que saía do meu capô e deu meia-volta, balançando a cabeça.

"Aquela não era a minha primeira vez no interior do Nordeste. Na época, eu tinha um cargo de alta responsabilidade nessa multinacional farmacêutica de que lhe falei. Coordenava o departamento de vendas, assinava contratos, aprovava ou demitia os representantes em função de sua performance. Eu gostava do meu trabalho. Acontecia de os diretores americanos me convidarem para almoçar ou jantar. Eu me sentia responsável pela prosperidade da empresa e, mesmo não sendo minha obrigação, não hesitava em dar regularmente uma volta no terreno para ver como andavam as coisas, percorrendo a região para lá e para cá. Como nessa ocasião. Eu seria capaz de desviar dos buracos daquela estrada de olhos fechados. Eu me encontrava perto da fronteira entre dois estados. Eram trezentos quilômetros entre a última cidade e a seguinte, com um único posto de gasolina a meio caminho e, de quando em quando, uma casa no meio dos campos preteados pelo desmatamento selvagem. Naquele lugar lúgubre é que meu novíssimo carro importado tinha resolvido pifar. Enquanto isso, meu futuro príncipe tinha simplesmente retomado seu lugar em cima do trator. Olhei para o sol poente. A ideia de passar a noite num lugar daqueles me pareceu ainda mais terrível do que me aproximar daqueles cabelos crespos, que ele puxava o tempo todo para trás com suas mãos imundas. Baixei o vidro e buzinei. Já com a mão na chave de contato, ele hesitou. Então, me fitando com um evidente desprezo, fez sinal para eu me aproximar. Não sei o que passou pela minha cabeça naquela hora, mas, assim que desci do carro, a raiva tomou conta de mim. Atravessei a estrada com uma vontade tremenda de insultar aquele camponês fracassado, de olhar sempre fixo não sei bem para onde. Estava furiosa, como se de repente fosse de novo aquela filha de fazendeiros que perseguia os búfalos a cavalo e os abatia de repente com um tiro de espingarda. Com a sensação ainda bem clara de ter me deixado estupidamente dominar pelo medo diante de um homem desarmado que até então não manifestara nenhum gesto de ameaça. O que me deixava com raiva era a vergonha. Chegando junto dele, esqueci de cumprimentar. Ele, desconfio, nem pensou no assunto. Estava mais interessado no tamanho do meu salto agulha. Só depois de também examinar minha maquiagem é que lembrou do meu carro enguiçado.

– Fundiu – disse ele, arrastando um pouco as vogais como era o costume na região. Sua voz era calma, e seus olhos, castanhos.

– Como assim, fundiu? – retruquei, temendo pela minha maquiagem.

– Fundiu, queimou a junta, deve ser um problema do circuito de esfriamento. Nesses casos, tem umas luzinhas que começam a piscar. Mas as mulheres, em se tratando de motor...

"O pior é que aquele idiota falava sem um pingo de sarcasmo, parecia até estar me elogiando. Se eu tivesse uma escada à mão, teria sido capaz de esbofeteá-lo."

Ao dizer isso, as comissuras de seus lábios estremeceram. Tenho certeza de que Áurea ainda podia ouvir o estalo daquela bofetada reprimida. Naquele momento, eu tinha quase certeza de que o espécime bambu que desencadeara suas lembranças só podia ser aquele varapau que, afinal, acabou por levar Áurea mais seu carro para a sua casa. Ela não recordava os detalhes que antecederam a operação de rebocagem, mas apesar de sua manifesta antipatia pelo homem, que parecia imune a qualquer tipo de provocação, ao cair da tarde chegaram a uma fazenda. Contrariamente às outras da região, esta dava sinais de certa atividade.

"- É claro", ela frisou, não sem certo carinho, "que, mesmo sendo meio imponente, a construção central estava mais para um pré-fabricado industrial do que para uma fazenda da minha planície. Mas, ao redor, o verde das pastagens estendia-se a perder de vista, e entre os estábulos e máquinas se atarefava uma quantidade de homens e mulheres. Ferro – nunca ninguém o chamou de outro jeito – deixou meu carro ao lado de um poço grande, à volta do qual estavam estacionados outros veículos. Tudo modelo antigo, alguns bastante comidos de ferrugem. Enquanto esperava por Ferro, que em seguida desaparecera com seu trator num galpão, fiquei ali parada, meio sem jeito com minha roupa pouco campestre. Ninguém dava muita bola para mim ou para o meu Chevrolet novinho, cujo contraste com os cacos velhos deles saltava aos olhos. Não que eles me ignorassem completamente. Em meio ao seu vaivém, não deixavam de me endereçar um sorriso ou um aceno. Fiquei muito tempo ali esperando que o varapau, ou outra pessoa qualquer, resolvesse enfim me dar alguma atenção. No fim, já não aguentava mais, era ridículo, talvez o cara nem fosse daquela fazenda e os outros não estivessem a par da situação. Fiquei preocupada. Não por medo de alguma coisa, mas por causa do meu compromisso perdido com o diretor de um hospital. Como se não bastasse, o porta-malas do meu carro estava repleto de amostras de remédios, para não falar em alguns contratos importantes que eu tinha de entregar o quanto antes. A cidade ficava a uns cem quilômetros dali, no mínimo duas horas, considerando-se as condições da estrada e os carros disponíveis. Mas eu não perdera a esperança de conseguir chegar ainda naquela noite. Na manhã seguinte, bem cedo, mandaria um mecânico buscar o carro.

"Estava ficando tarde, uma ou outra luz ia se acendendo aqui e ali, e nada de ele aparecer. Terminados seus afazeres, os camponeses me lançavam um olhar assustado antes de voltar para suas casas. Não sei quanto tempo fiquei dando voltas ao redor do poço, me corroendo de impaciência. Finalmente, Ferro reapareceu no pátio, com uma sacola no ombro, e fez sinal para que eu o acompanhasse para dentro da casa. Eu queria matá-lo. Ele deixou cair seu fardo embaixo de uma escada e, ignorando minhas perguntas, subimos ao segundo andar. Sem nenhuma palavra, ele me levou por um corredor até um quarto com apenas uma cama de solteiro, lençóis e toalha dobradas sobre o colchão. Por nada nesse mundo eu ia por os pés naquele reduto de tijolo cru, decorado apenas por teias de aranha. Ele, parado na porta, me observava com um sorriso bobo e aquela cara de babaca que quase tocava no teto. Como se nada houvesse. Abri minha bolsa e peguei o celular. O sorriso dele se alargou:

– Aqui não dá sinal, dona. O que foi, a pousada não serve para a senhora?

"O que mais me irritava era o seu aprumo. Peguei o talão de cheques e perguntei o quanto ele cobraria para me levar até a cidade. Um milhão, redondo, foi a resposta. Ele parecia tão sério que por um momento pensei que tinha topado com um bando de sequestradores. Empalideci, ele sentiu pena e mudou imediatamente o tom:

– Não se assuste. Ir embora agora não vai adiantar nada – seu olhar estava mais suave. – Temos aqui o melhor mecânico da região, amanhã a gente dá um jeito no seu carro. Por enquanto, é melhor você descansar. Desculpe, mas não temos nada melhor a lhe oferecer para passar a noite – ele acrescentou, indicando o quarto. – Eu mesmo não vivo em melhores condições. Tem um chuveiro atrás dessa cortina, fique à vontade, depois desça para jantar com a gente. Nós aqui somos uma grande família, o pessoal é meio tímido, não estamos acostumados com visitas, mas posso garantir que estão todos loucos para te conhecer. A propósito, meu nome é Ferro, e o seu?

"Não sei se ele chegou a ouvir o meu nome, um soluço me travou a garganta.

"Mas as aranhas, pensando bem, nunca comeram ninguém, e o chuveiro era limpo. Três cigarros depois, criei coragem e desci. Uma loira com óculos de lentes muito grossas se aproximou e me levou com muita cordialidade até a sala de jantar. A mesa estava posta, várias toalhas de cores diversas cobriam umas tábuas compridas sobre tripés. Estavam todos sentados diante de um prato vazio, e, na ponta, Ferro ocupava o lugar do chefe. Ele tinha feito a barba, se penteado, usava uma bonita camisa vermelha e já não estava sorrindo feito um bobo. Parecia outra pessoa. Os outros também estavam diferentes. Eu não tinha prestado atenção naquelas pessoas antes, eram camponeses e eu aparecera no meio do serviço com o meu carro pifado. Agora estavam todos ali juntos, sentados lado a lado feito escolares bem comportados, não havia barulho de talheres nem aquele riso ébrio de fim de dia sem os quais uma fazenda não é uma fazenda. Em suma, aquela soma de bons modos com discrição não era exatamente o que eu esperaria encontrar num lugar daqueles. Se você visse aquela gente naquele momento, não iria acreditar: todos gentis, calorosos, vestidos com simplicidade, mas bom gosto, um guardanapo no colo, um vinho tinto ruim, mas vinho, e não cerveja ou essa pinga forte que se costuma ter no nosso interior. Conversavam sobre arte e política! Caramba, uma fazenda era isso? A carne, em todo caso, estava excelente, e o macarrão, um tantinho cozido demais. Ferro era o chefe, sem dúvida nenhuma. Embora tomasse o maior cuidado para não parecer, os olhares falavam por ele. Havia outro homem que impunha, em parte, o mesmo respeito que Ferro. Estava sentado na outra ponta da mesa e, embora fosse mais baixo e meio gordinho, eram um pouco parecidos. Os cantos da boca, talvez. Foi o único que se atreveu a me fazer a pergunta indiscreta, qual era a minha profissão. Quando respondi, todos os olhares se voltaram para mim. Se eu tivesse dito que era mulher do presidente da República, teria causado o mesmo efeito. Fiquei me perguntando qual seria o problema, quando Ferro explicou que eu tinha, sem querer, tocado num ponto delicado, pois o maior problema da região era justamente a falta de medicamentos, de modo que morria muita gente por causa de uma simples infecção. Claro, a questão era de ordem política, e não comercial; eu não podia fazer nada. Vamos beber. Aquela foi a única vez em que ele falou em nome de todos, num tom que denotava a autoridade que ele exercia naquela curiosa comunidade. E as crianças! Havia ali homens e mulheres em idade de procriação, alguns já em idade de ser avós, mas, de criança, nem vestígio. Camponeses sem filhos, para mim que tinha sido educada numa fazenda, era algo sem sentido. Verdade é que a partir daquela hora passei a temer o pior quanto ao conteúdo do meu porta-malas, mas o que me causava arrepios era aquela estranha ausência. Olhei para eles, um por um, e nada no seu rosto ou na conversa lembrava a dureza da terra em que Fofo tinha perdido a vida. No entanto, eu os tinha visto realizar suas tarefas com a devida competência. Parada junto àquele maldito poço, tivera tempo de sobra para admirar os campos cultivados, muito mais florescentes que nossas grandes propriedades abandonadas. Eram pessoas estranhas – com seus modos tão pouco camponeses, pareciam universitários fazendo estágio em agronomia. Eles me soavam meio deslocados, mas o quadro geral, não sei por quê, acabava inspirando confiança. Estava cansada, só isso. Meu cansaço não passou despercebido pela mesma mulher que me acolhera e, juntas, fomos até o meu quarto. Foi minha primeira noite na Fazenda Papoula, um lugar que se tornaria conhecido no Nordeste e também em certos departamentos da capital federal.

"Quando acordei, o quarto já estava banhado de sol. Para minha surpresa, eu tinha dormido oito horas seguidas, um sono profundo e sem sonhos. Corri até a janela, a fazenda estava em plena atividade. Um homem de macacão estava inclinado sobre o meu carro, cujo motor tinha sido tirado e estava suspenso numa corrente. O meu Chevrolet maciozinho – eu nem sequer me permitia fumar dentro dele – estava uma carcaça estripada. Ao perceber minha presença, o homem se endireitou e, com o rosto suado, me dirigiu um largo sorriso. Já o conhecia, era o homem que se sentara na outra ponta da mesa, em frente a Ferro. Eles eram mesmo parecidos, tinham a mesma ruga que descia ao longo do nariz, roçava o canto dos lábios e encontrava com a outra acima do queixo. Mas embora ele ainda não tivesse falado diretamente comigo, senti que a abordagem de um era bem diferente da do outro. Fiquei olhando para ele e para o estado do meu carro, e não soube o que dizer.

– Não se preocupe – disse ele, enquanto enxugava as mãos. – As peças desse modelo são meio caras, mas eu vou deixar ele novinho para você.

– É tão grave assim?

– Queimou a junta e rebentou uma biela. É um modelo recente, uma máquina boa, seria uma pena remendar com peças usadas, só que as peças originais a gente tem que encomendar na capital.

– Na capital!

"Isso significava esperar dias e dias, ou então dar um jeito de ir embora, mas ir para onde, e os meus negócios? Fiquei ali parada, lágrimas nos olhos, enquanto ele revirava o pano imundo entre as mãos. Parecia tão aflito que não ousava me encarar. Então, num tom doce mas firme, se ofereceu para me ajudar se eu tivesse alguma urgência. Bem ou mal, expliquei com mais detalhes minhas obrigações de trabalho, meus compromissos, a corrida contra o tempo e tudo o que a gente costuma dizer numa situação assim. Ele ouvia cada palavra minha com rigorosa polidez. Como se a cada uma delas descobrisse uma parte minha secreta. Por fim, consultou as horas e, fuçando na caixa de ferramentas, me disse que seu irmão, o Ferro, estava indo dali a pouco para a cidade e que eu poderia resolver pelo menos parte dos meus problemas. Fiquei um bom tempo parada ali, sem saber direito o que fazer. Esperava uma explicação, pelo menos uma piscadela que me desse uma pista. Nada. Ele voltou a enfiar a cabeça no motor e não falou mais nada. Assim era Rolo, o irmão de Ferro – nunca dizia nada além do estritamente necessário, e se a gente fizesse uma pergunta, não havia o que retrucar à sua resposta. Eu gostava do Rolo."

No exato momento em que ela pronunciou essas palavras, estávamos lado a lado – seu rosto estava lívido, e seu olhar, vazio. Pensei que fosse desmaiar. Mas logo ela retomou o passo e prosseguiu.

14

"– Não sei como fui cair tão depressa nos braços de Ferro e me tornar sua namorada, esposa, ou sei lá o quê. Ele dizia que eu era a sua Jujuba e que isso valia mais do que tudo. Eu não saberia reconstituir o momento em que aconteceu, só sei dizer que logo me ficou claro que não havia como evitá-lo. Era como se tivesse esperado a vida inteira por suas palavras, suas certezas baças, seu sorriso zombeteiro, e que no topo de minha escalada social me aguardasse um encontro que outra pessoa teria marcado para mim. Parecia que eu sempre soubera disso e até então não fizera mais do que ignorar o inevitável. Não que isso seja extraordinário. No fundo, esse tipo de coisa sempre acontece sem pedir licença, e quando a gente começa a se perguntar, já está feito. Aliás, a gente nem se pergunta, principalmente quando está indo tudo bem.

"Foi ele quem me beijou primeiro. Apesar do olhar com que vejo isso hoje, nunca cedi à tentação de apaziguar minha consciência organizando os fatos a meu favor. A verdade é que, sem me perguntar se aquilo podia se tornar um grande amor, eu queria aquele homem e fiz de tudo para seduzi-lo. O que aconteceu depois não apagou até hoje o fogo que me consumia na cama de Ferro. Cada coisa, cada sentimento carrega a marca do seu tempo, e o tempo não tem onde guardá-lo, não se trata de um objeto, só de uma ideia, e não há estorvo maior do que uma ideia que já não nos serve.

"Mas antes de passar para a cama, onde eu também iria descobrir que até então nunca tivera um verdadeiro orgasmo, apenas grandes *frissons*, acho que o que de imediato me atraiu nele foi sua argúcia. Junto com uma imensa ambição que ele mesmo considerava como uma inocente missão contra a injustiça social, e acreditava firmemente nisso. Ferro não era um homem comum. Ele se fizera sozinho. No meio do mato e em meio às vacas subnutridas, dera um jeito de se instruir, e um talento inato de orador fizera dele um líder da reforma agrária, teoricamente legislada, mas raramente aplicada em nosso país. Isso em parte explicava as inúmeras ocupações de terra, da qual a Papoula tinha se tornado o símbolo político.

"Não sei se, naquela tarde, ao me levar para a cidade no seu carro, ele estava de fato convencido do elevado valor moral de sua missão militante ou se toda a sua eloquência era pura manipulação inconsciente. Para mim, os belos discursos dele sobre os desfavorecidos e o direito à terra não passavam de populismo requentado e, durante todo o trajeto, não lhe poupei minhas convicções pessoais sobre o assunto. Isso o deixava tão furioso que já nem conseguia desviar dos buracos. 'Você é uma arrogante, ele gritava, não está nem aí para os outros, olha para as pessoas de cima para baixo, você tem gostos de burguesa. Vive dentro de uma novela. Quando chega em casa, liga a tevê até antes de acender a luz.' Eu fazia que sim com a cabeça, saboreando a hora em que o convidaria a tomar um drinque à beira da minha piscina na cobertura, e então veria se ele não tinha nada melhor para fazer nesta vida do que endireitar a espinha daqueles caipiras. Quanto mais ele se inflamava contra a minha condição social mais eu sentia um estranho prazer brotar de dentro de mim. Todo aquele ardor revolucionário me era absolutamente indiferente. Mas, por trás do seu olhar sombrio, eu colhia pensamentos e imagens bem distintas, que mexiam com as minhas entranhas. Pode discursar, eu pensava enquanto ele falava em 'feudalismo', mas você é igual a mim, meu chapa, quer chegar lá em cima e isso não tem nada de anormal. Eu já disse que naquela época eu era ambiciosa e achava a ambição uma qualidade. Eu me achava inteligente e capaz de tocar o céu, desde que Deus me desse de presente um homem que apreciasse esses mesmos valores.

"Ele podia até clamar contra a opressão da antiga e da nova burguesia. Mas, enquanto chacoalhava de um buraco para outro com aquele seu caco velho, Ferro, aos meus olhos, exibia tudo o que eu exigia de um homem, do meu homem. No momento talvez carecesse um pouco de tato, mas tinha caído do céu e eu logo senti que, juntos, formaríamos uma força sem-par. Só precisava arrancá-lo de toda aquela baboseira de juventude retardada. Baboseira, sim, eu chamava aquilo de baboseira. Enfim, passamos a noite na cidade, num hotel, e retornamos no dia seguinte. Consegui resolver meus assuntos mais urgentes e, num impulso, aproveitando a liberdade de manobra que eu tinha na empresa, pedi ao meu diretor uma licença que, por sinal, ele já tinha me sugerido várias vezes. Pegamos a estrada no meio da tarde, Ferro queria estar de volta à fazenda às sete horas sem falta por causa de uma reunião marcada com um delegado de não sei que departamento do governo que viria especialmente da capital. De novo, ele mal driblava os buracos da estrada. Mas agora era porque estava segurando a minha mão e prestando mais atenção em mim do que na estrada. Eu me sentia excitada igual a uma garota que bate a porta da casa dos pais e põe o pé na estrada com o namorado. Segurava a mão dele com tanta força que ele tinha literalmente de arrancá-la de mim para mudar a marcha. Eu queria apertar sua alma, ler seus pensamentos. Havia no seu semblante algo de alegre, maroto também. Eu iria amar muito tempo aquela expressão, aquele ar enigmático. Estava cega? Não, estava viva."

Áurea fez uma pausa e esticou o passo. Era como se revivesse aquela viagem de carro com Ferro. Mas, por um motivo ainda desconhecido a mim, minimizava em sua fala aquele instante de ternura para chegar o quanto antes à fazenda e mergulhar enfim no cerne escuro de sua história. Cada palavra de sua última frase fora pronunciada de forma clara e ponderada. Com sua expressão glacial costumeira, mas que dessa vez me perturbava a ponto de me dar uma vontade súbita de pôr fim àquela conversa, se é que dava para chamar aquilo de conversa. Mas era óbvio que, naquele ponto, eu podia até ter me arrebentado no fundo de um abismo que não teria alterado uma vírgula sequer dos seus pensamentos. Não saberia dizer se foi um sentimento novo que embaralhou minha atenção ou se Áurea penetrou de repente num estado emocional peculiar, que tornou seu relato menos fluido. Pode ser também que ela própria, ao me contar sua história, ainda estivesse tentando entender o que acontecera. O fato é que, a partir dali, ou seja, dos acontecimentos que sucederam sua volta à fazenda, já não estou certo de conseguir contar com a precisão necessária. Motivo pelo qual irei descuidar, daqui para frente, de alguns momentos cruciais de sua aventura, mesmo correndo o risco de deixar um tanto vagas algumas atitudes que, no conjunto, iriam transtornar para todo o sempre a vida de Áurea. Nesse ponto, parece-me indispensável dizer ao leitor que, naquele momento em que Áurea contava sua história, eu estava a léguas de imaginar que um dia, tanto tempo depois daquele passeio, viria a colocá-la no papel como estou fazendo agora. Pois tão logo voltamos à cidade e tomamos um último drinque juntos, nossa vida se separou para sempre. Só muito tempo depois resolvi, afinal, tirar a poeira do meu computador. Hoje, ao escrever estas linhas, lamento por não ter prestado mais atenção às suas expressões e ao tom de sua voz. Teria então conseguido captar mais luz, que é o que faz toda a diferença entre uma imitação barata e uma pintura. Não estando, naquele momento, no estado de espírito de um pintor, limitava-me a satisfazer minha curiosidade sobre aquela estranha mulher, acompanhando seus passos, ora ao seu lado, ora atrás dela. Há uma coisa de que me lembro muito bem, e que muito me intrigava: por que, assim de repente, naquela circunstância em particular, depois de ter grosseiramente ignorado até então todas as minhas aproximações, ela decidia enfim pôr tudo para fora? Essa pergunta que, ao longo de todo o seu relato, não me abandonou um instante sequer, na certa é também responsável por minhas atuais lacunas.

Apesar daquele surpreendente desejo de intimidade, a cada vez que retomava a narrativa, ela não deixava de, primeiro, me dirigir um olhar desconfiado.

"– Quando chegamos à fazenda, era óbvio que só estavam esperando por ele. Ainda não eram seis horas, mas já tinham todos encerrado suas atividades, o pátio estava recém-varrido, o gado, nas estrebarias, as máquinas, limpas e enfileiradas como numa feira. Reparando num 4x4 faiscante estacionado ali, Ferro arregalou os olhos e deu um sorriso de satisfação. 'Desta vez veio o Careca em pessoa, disse, descendo do carro. Já estava na hora de ele vir acertar os ponteiros. Um burocrata do governo, só isso', ele explicou, 'mas não fosse por esse babaca, os latifundiários engoliam a gente. Vamos lá.' Ele falava como se aquilo fosse óbvio, enquanto me arrastava a passos largos para dentro da casa, onde, aparentemente, estavam todos reunidos. Ele já estava com um pé na soleira quando avistou seu irmão que, com absoluta indiferença ao evento que agitava a casa toda, ainda estava de macacão, curvado sobre o motor do meu carro. Isso pareceu deixá-lo extremamente contrariado. Foi num tom furioso que o interpelou: 'Você não acha que tem coisa melhor para se fazer numa hora dessas? Existem prioridades, porra, assuma isso de vez em quando!'. Rolo ergueu a cabeça e nos dirigiu um olhar demorado que, estranhamente, me pareceu repleto de compaixão, e veio ao nosso encontro enquanto enxugava as mãos no seu trapo sujo. A sala estava lotada. O tal

Careca e mais dois sujeitos engravatados, os três mais com jeito de mercadores de palavras do que de militantes da causa camponesa, estavam sentados no centro da mesa. Aquelas mesmas pessoas que haviam me acolhido com tanta dignidade na noite anterior agora se agitavam em torno deles de maneira obviamente servil. Exceto uma delas, a mulher que na outra noite me acompanhara até o meu quarto. Ela estava meio à parte, com um ar alheio. Sandra, era o nome dela, viria a ser minha única amiga e confidente naquela nova vida. Era carioca, formada em medicina, e tinha trabalhado num hospital antes de se apaixonar por Rolo e acompanhá-lo em sua aventura militante. Mas quando cheguei à Papoula, só restava entre eles um ideal comum e um grande carinho. Diante daquela reunião e do clima solene que se instalara, ensaiei uma rápida retirada, mas Ferro -me segurou, obrigando-me muito virilmente a tomar lugar ao seu lado. Discutiram por muito tempo sobre novas ocupações de terras; sobre uma verba prometida que não chegava; sobre movimentos dissidentes que teriam de ser reparados; sobre uma controvérsia acerca das monoculturas impostas pelas multinacionais. Com isso, o clima se animou um bocado. Enfim, eu não estava lá muito interessada e, de qualquer maneira, as conclusões daquele alarido todo eram sempre dirigidas a Ferro e Careca. Eu, francamente, já estava me entediando quando, no último minuto, Rolo deu a volta na mesa, se aproximou de Careca e, para surpresa geral, principalmente de Ferro, deu-lhe um tapinha no ombro e, forçando-o a encará-lo, entregou-lhe um pedaço de papel sujo: 'Tudo bem, meu chapa,' disse ele, 'a gente já entendeu, mas será que você podia dar um jeito de aqueles molengões lá da Chevrolet me mandarem essas peças o quanto antes?'. O Careca revirou os olhos, pôs o papel no bolso e, ao se endireitar, derrubou o copo de água. Segurei uma vontade louca de rir, enquanto Sandra, no seu canto, simplesmente caía na gargalhada. Que desastre adorável que era o Rolo.

"E, de fato, Careca mexeu seus pauzinhos e, três dias depois, meu carro estava pronto para engolir o país de ponta a ponta. Mas, em vez disso, contentei-me em voltar à cidade vizinha, ir até uma agência dos Correios e enviar um pedido formal de licença não remunerada de um ano. Eu só estava usando os meus direitos, e mandava também uma cópia às instituições competentes. Para toda correspondência e aviso de ordem administrativa, indicava o meu antigo endereço. Era uma decisão sem volta. Eu não dependia do meu salário. Estava apaixonada e ia gastar o tempo que fosse preciso para tirar Ferro daquele fim de mundo e levá-lo um dia para a nossa linda casa; lá, eu tinha certeza, ele iria ser meu.

"Ele já sabia dos meus sentimentos. A gente conversava muito sobre isso tarde da noite, na cama, depois de fazer amor. Ele gostava daqueles momentos de descontração. Enquanto reafirmava seu engajamento na luta, admitia que sua missão não se limitava necessariamente às vacas. A gente sonhava junto. Era tão bom que, apesar da desgraça que nos rondava, seria nojento, hoje, qualquer tipo de arrependimento. No fundo, se as coisas entre nós tomaram um rumo inesperado, não foi de todo por causa dele. Diria até que foi o contrário. Eu disse que depois da minha primeira noite com Ferro eu sabia que tinha, afinal, encontrado minha alma gêmea, e eu estava falando sério e continuo achando isso. Na época, eu não tinha nada de uma garota que se deixa iludir pelas aparências. Eu tinha um cargo de responsabilidade numa grande empresa que treinava seus executivos para interpretar os pensamentos dos clientes e concorrentes antes mesmo que fossem formulados. E quando digo que, por trás do seu papel de militante, Ferro buscava o sucesso e que foi justamente isso que de início nos aproximou, pode acreditar que é tão verdade quanto a dureza dessas pedras escorregadias que vamos ter de galgar para chegar à cidade. Ferro, sem dúvida alguma, teria adorado torrar ao sol deitado à beira da minha piscina. Depois, é claro, de ter transformado o Careca e gente da sua espécie em seus subordinados. Ele tinha capacidade para isso e, além do mais, seu objetivo inconfesso era tomar assento num Ministério. Com a minha ajuda, nada poderia impedi-lo. No entanto, eu é que iria estragar tudo."

Ela deu uma olhada no relógio e, então, se deteve, fitando o sol poente. Eu queria lhe perguntar que distância ainda tínhamos pela frente, mas sabia que ela não gostava de perguntas e, no melhor dos casos, teria respondido com outra pergunta. Ela permaneceu muito tempo ali parada. Dei uma olhada ao redor, o som do mar se atenuara, a mata se tingira de verde-escuro. Acerquei-me timidamente, ela se virou num gesto violento. Minha impressão era de que quanto mais enveredava pela história do seu passado mais ela se chateava comigo. Isso me preocupava um pouco, mesmo porque eu não tinha tanta certeza de que ela estava no caminho certo, ou, pelo menos, no caminho que deveria me levar de volta à cidade. Em suma, eu já não tinha o menor controle da situação (se é que alguma vez tivera, no que diz respeito a Áurea). Ela falava, dissimulando friamente suas emoções, e não admitindo a menor intervenção, como se estivesse diante de um gravador.

Depois de várias tentativas de impor minha presença numa trilha cujo fim eu não enxergava, caí em mim e me perguntei se continuar escutando sem reservas uma pessoa que eu não conhecia, num país que eu mal conhecia, seria realmente a conduta ideal para um fugitivo. Até onde eu sabia, era bem possível que Áurea não tivesse noção alguma de qual o caminho para a cidade, e que estivesse contando uma história delirante de mulher que se trata com lítio. Que não chegássemos a lugar nenhum e que ela soubesse muito bem disso já que sua real intenção era se jogar de uma daquelas pedras. Que eu fosse testemunha de um suicídio que, de outro modo, não chamaria a atenção de ninguém.

"– Não precisa se preocupar", ela retomou, num visível esforço para suavizar a voz. "Não vai ser por culpa do meu senso de orientação que você vai deixar de chegar a tempo, são e salvo, a seu quartinho aconchegante, e eu, de concluir minha tagarelice. Não pretendo passar a noite nesta trilha fazendo psicologia barata sobre o porquê de uma ou outra escolha. Não temos tempo para isso, essas coisas só servem para alimentar a força da juventude ou aumentar a cegueira dos mais velhos. Daqueles que custam a entender e acabam atribuindo os seus atos capitais à inconsciência, em vez de à sua própria verdade. De minha parte, eu sabia perfeitamente o que queria, ou pelo menos estava convencida disso, e foi por isso que resolvi me instalar na Papoula pelo tempo que fosse preciso. No começo, como eu falei, achei que moravam ali uns estranhos camponeses, com jeito de estudantes afetados. Pelo menos, era a impressão que eu tinha de todos os que frequentavam a mesa de Ferro. Mas logo descobri que não havia só eles na fazenda. Eram muito mais numerosos, mas nem todos comiam à mesma mesa. Não por algum tipo de discriminação, mas simplesmente porque dispunham de espaço habitável suficiente para se dividirem em pequenos grupos conforme suas afinidades. Isso não impedia que mudassem eventualmente de mesa, de modo que a cada refeição havia um ou outro rosto novo contando novas histórias. Passado algum tempo, eu também comecei a me sentar ora com uns, ora com outros. Fui descobrindo, assim, que havia ali homens e mulheres muito diferentes, semblantes marcados por uma longa vida de privações que hoje expressam a satisfação de pessoas às quais finalmente se permitiu que tivessem um teto, uma terra para cultivar. Pessoas que haviam recuperado a dignidade. Pareciam todas satisfeitas, riam por qualquer coisa, passando em seguida aos assuntos sérios e voltando ao riso com tamanha naturalidade que lembravam crianças brincando na fazenda dos adultos.

"À noite, na sala de jantar, ou mesmo durante alguns trabalhos coletivos e reuniões políticas propriamente ditas, eu me sentia tão alegre ao contemplar o rosto deles, vermelho de sol e bom humor, que eles já nem se perguntavam quem eu era e o que fazia ali. Gostava de ficar conversando com eles até tarde, partilhando aquela alegria, aquela leveza que faz a gente rir de tudo com monstruosa despreocupação. Sim, eu tivera momentos semelhantes durante algumas noitadas com meus amigos da cidade, mas era muito diferente. Na Papoula, eles não se gabavam da alegria que sentiam, como era comum entre meus amigos e colegas para quem qualquer gargalhada era, aparentemente, uma proeza. Na fazenda ninguém nunca se gabava de nada. A deles era uma alegria sobre a qual não se precisava pensar. Não vou tecer aqui o elogio da rudeza caipira, existem cretinos em qualquer lugar e deles eu já vira o suficiente. Sabe qual é a diferença entre o intelectual e o operário? No banheiro, um lava as mãos antes e o outro, depois. Pois então, naquele mundinho híbrido que era a Papoula, eles lavavam as mãos antes e depois das necessidades. Eu voltava a sentir meu velho e querido Fofo perto de mim: aquele que, na minha infância, citava Cervantes e conhecia de cor o livro *O pequeno príncipe*, tendo ele mesmo descido do céu para conter meu voo e me trazer de volta para a terra, envolta na fumaça do seu velho trator. Ali, eu enxergava o meu Fofo em toda parte.

"Certo dia, apareceu no meio do campo um homenzinho de bicicleta, pedalando em ziguezague pela terra recém-revolvida. Ao vê-lo, todos se ergueram e o acolheram com grandes acenos. O coitado já estava a custo tentando manter o equilíbrio e, quando foi tirar a mão do guidão para responder aos cumprimentos, perdeu o controle e acabou caindo. Foi uma gargalhada geral. Algumas pessoas correram para acudi-lo, mas ele se levantou depressa e se juntou às risadas. Era o padre Mario, o padre do lugar, que tinha, ele mesmo, ocupado um depósito pré-fabricado e o transformara em igreja para rezar a missa no domingo e em escola durante a semana. Ninguém sabia se ele tinha mesmo sido ordenado ou se era algum bandido convertido pela fé, como afirmavam uns e outros durante as bebedeiras rituais para supostamente curar o vazio deixado pela confissão recente. Verdade é que seus sermões não eram textualmente católicos. Não havia em seus ofícios nenhuma ovelha, só homens e mulheres com nome e sobrenome que ele censurava ou agradecia olhando dentro de seus olhos. Com sua camisa xadrez e calça *jeans* manchada pelo tombo de bicicleta, o padre Mario não era de medir palavras. Nas manhãs de domingo, sobrava para todo mundo. 'Repressores e reprimidos', dizia, percorrendo os fiéis com um olhar severo, 'vocês querem dar, dar, dar, mas dão apenas gestos, e é por isso, talvez, que nada muda. Deus está de olho em vocês, cuidado, a paciência Dele não é inconveniente como a minha e Ele não anda por aí de bicicleta resgatando os pecadores!' Quando falava assim, não havia ninguém capaz de sustentar seu olhar. Nem Ferro, que não acreditava em religião nem perdia uma oportunidade de implicar com o padre Mario. Mas naquele barraco de zinco, que só uma imagem desbotada da Virgem e a Cruz transformavam em igreja, ali, naquela hora, ele ficava encolhidinho, me cutucando para eu sair. No dia seguinte, o padre Mario tornava a subir na bicicleta e saía pedalando de uma fazenda para outra a fim de distribuir palmadas nas crianças que esqueciam de ir à escola.

"A vida no campo é como andar de bicicleta, depois que se aprende, mesmo passados vinte anos, basta subir e sair pedalando. Em pouquíssimo tempo, eu estava integrada na comunidade e, para surpresa geral, me virava tão bem quanto os demais, inclusive no serviço mais pesado. Enquanto isso, eu e Sandra nos tornamos inseparáveis. Graças a ela, e também à paciência de Rolo, aprendi a usar máquinas de todo tipo que, desde a minha época, tinham evoluído um bocado. Também havia cavalos na fazenda. Não eram do nível da magnífica seleção de Fofo, mas havia um garanhão garboso que ninguém, tirando eu e Rolo, tinha coragem de montar. Ferro, por sua vez, não gostava de cavalos nem de nenhuma distração antes da cama. O trabalho não era tão exaustivo, tínhamos tempo de sobra para passear pela propriedade – que, aliás, era muito maior do que eu tinha imaginado – e fazer algumas incursões pelas fazendas vizinhas. Algumas eram mais ou menos cuidadas, embora a maioria lembrasse os desmatamentos selvagens e inexplorados que eu tinha observado ao longo da estrada. 'São os colonos', dizia Sandra, que sempre me acompanhava, 'eles pegam a verba de incentivo à exploração agrícola do Estado, mas na verdade o que eles fazem é vender madeira. A maioria já possui grandes propriedades na região, e é sempre a mesma coisa. Piscina, churrascos, caçadas, os bandos armados que espalham o terror e sujam as estradas com garrafas vazias de uísque importado. Enquanto os camponeses morrem de fome.' E ela disparava num galope.

"Esse tipo de discurso sobre a agressividade e o parasitismo dos grandes latifundiários era recorrente à noite, à mesa, ou em qualquer outro lugar. Ferro se ausentava seguidamente em função das inúmeras reuniões aqui e ali para manter de pé a coordenação camponesa – cuja sigla era bem conhecida no país, já que era a única reconhecida pelo governo. Havia outros agrupamentos que também praticavam a ocupação de terras, mas não tinham a simpatia da nossa comunidade, e Ferro, inclusive, não disfarçava uma cáustica hostilidade com relação a eles. Escutei várias vezes Rolo e ele brigando seriamente por causa disso. Ao contrário do que se poderia supor, pela relação entre eles e sua considerável diferença de tamanho, Rolo era três anos mais velho que o irmão. Tinha um bonito rosto moreno, era muito calado, calmo, com uma força serena. Um jeito alheio, que lhe dava um ar meio obtuso, era apenas fachada de uma alma nobre e perspicaz. Só de ouvi-lo falar, dava para perceber que não tinha autoestima alguma. Aliás, será que um homem dotado de consciência é capaz, no fundo, de estimar a si próprio? Mas quando tinha algo a dizer, uma convicção para partilhar, tudo isso desaparecia. Ele então ficava curiosamente animado, tinha a atitude de um homem que não se deixa enrolar facilmente. Enfrentava Ferro com palavras duras, acusava-o de praticar uma política sectária, que não cabia a ele dizer quem tinha direito a ocupar as terras e quem tinha de ser expulso. Ferro, por seu lado, embora tivesse uma energia sincera, capaz de dominar uma assembleia com meia dúzia de palavras, podia também ter reações nervosas que, me custava reconhecer, o rebaixavam dolorosamente aos meus olhos. No começo, não gostava muito daquilo. Eu sentia um gostinho amargo nas discussões entre eles, um certo *déjà-vu*, talvez ligado à minha lembrança de Fofo. Enfim, Ferro era o meu homem, a gente se amava, ele necessariamente tinha suas razões. Além disso, eu já fazia parte da família e, em breve, iria participar de duas novas ocupações, uma delas incluindo um tiroteio de capangas. Na ocasião, fui ferida na cabeça, o que me rendeu uma deficiência irreversível na pigmentação da pele. Estou falando dessa estranha palidez que decerto o tem intrigado. Seja como for, graças a esse acidente, fui alçada a um nível superior. A partir dali, tive direito à palavra e era aceita nas reuniões mais reservadas. Enquanto isso, dada a minha experiência na área da farmacologia, e graças também aos meus antigos contatos profissionais que me permitiam aceder a estoques de medicamentos não comercializados, pudemos organizar, com Sandra, uma espécie de comando sanitário. Ferro gostava muito dessa ideia de comando, podíamos intervir nos lugarejos mais distantes, e sua eficiência foi inclusive comentada na imprensa. Ferro estava orgulhoso de mim, mesmo que às vezes, em algumas questões específicas, nossas divergências acabassem em verdadeiros bate-bocas públicos. Ferro era versátil. Inteligente, atento e modesto na presença dos homens de cultura, mas de um sarcasmo às vezes arrogante quando estava com seus companheiros. Éramos o casal perfeito, na cama e fora dela, mesmo que ele tivesse um jeito, uma mescla de radicalismo e oportunismo político, que me assustava.

"Uma vez, depois de fazer amor, ele declarou que, com toda a minha fineza inicial e minha piscina na cobertura, eu andava falando igual a um vaqueiro, e não diferenciava um bando de bebuns com pretensões a camponeses deserdados do nosso movimento que, pelo contrário, atuava segundo um projeto político sólido. Não respondi, ele em parte tinha razão. Era verdade que, aos poucos, sem me dar conta, eu fora tomando gosto pela causa e não suportava aquele desprezo todo pelos outros grupos que, no fundo, só estavam adotando as mesmas práticas que nós e, sem nenhum apoio do Estado, muitas vezes alcançavam resultados surpreendentes, tanto no plano produtivo como num trabalho mais complexo de integração social. Ao passo que a gente, tirando o senso de organização, com uma eficiente rede de informação em nível nacional, minha impressão era de que todos os nossos esforços se concentravam na teoria e na propaganda política. Rolo, mas não só ele, também partilhava essa opinião, e não perdia uma oportunidade de se manifestar nesse sentido. A convergência de ideias entre nós irritava Ferro a tal ponto que, às vezes, mais parecia um ciúme fastidioso do que motivo para uma séria divergência. Eram só briguinhas, absolutamente normais numa comunidade organizada – que estava cada vez mais numerosa e, desde algum tempo, era responsável pela gestão de significativas verbas públicas destinadas ao desenvolvimento agrícola. A Papoula, em suma, estava virando uma instituição, o que necessariamente dava margem a interesses opostos em seu planejamento geral. Não faltavam línguas venenosas para espalhar o boato de que o pessoal da Papoula andava enchendo os bolsos. Uns idiotas provocadores. Não fosse o meu Chevrolet, quantas vezes teríamos ficado na mão, até sal nos faltava. Houve um bocado de erros, sem dúvida, mas até onde eu sei ninguém nunca enfiou a mão no caixa. Nem preciso dizer que Ferro, sendo o líder, era quem estava mais exposto a todo tipo de crítica, inclusive minhas. Mas ele era o meu homem; esmagado pelas responsabilidades, eu compreendia o seu empenho, mas não desistia de fazê-lo mudar de ideia ou até de ajudá-lo a se libertar daquela tendência à monopolização que tomara conta dele."

Acabávamos de chegar ao topo de uma rocha, quando Áurea se deteve e caiu na risada. Foi um riso sacudido, interminável. Com uma mão ela segurava a barriga, com a outra tapava a boca. Me espantava aquela postura, ela se retorcia como um S. Me ocorreu que talvez fosse um surto de loucura, o que era preocupante já que eu não tinha a mínima ideia de onde estávamos no momento. Por fim, ela acabou se acalmando, e seu olhar se deteve em mim. Era mágoa em estado puro. Então, virando as costas para o mar, visível àquela altitude, estendeu o braço em direção à mata. Erguera-se a brisa do entardecer, que acariciava a copa das árvores. Ela indicou um ponto preciso, quase inclinado, em que um grande círculo de vegetação se destacava do resto por um acentuado movimento ondulante. Permaneceu assim alguns instantes, braço estendido para aquela mancha em movimento, e então seu semblante se fechou e ela recomeçou a caminhar energicamente.

– Aí está o seu bambu – ela exclamou em voz alta –, dançando, alto e orgulhoso. Olhe bem, lá adiante tem umas árvores, tão altas que com uma só daria para construir uma casa, mas essas árvores são capazes de sucumbir a um vento mais forte. Ele não, o bambu, com sua flexibilidade, se ergue acima da mata. Pouco lhe importa de onde sopra o vento, ele sempre o acompanha, e azar é das árvores gigantes. Que morrem, os idiotas que se agarram a besteiras! Mas nem sempre é assim que acontece.

Impressionado com o tom cáustico de suas palavras, fiquei parado no lugar. Sem saber bem por quê, contemplei o vulto branco que se afastava, saltitando de pedra em pedra. Não tinha gostado do que Áurea dissera sobre o bambu. Considerei uma ofensa pessoal. Como se, dizendo isso, ela não se referisse propriamente ao bambu, ou ao que ele pudesse ter representado em seu passado. Minha impressão era de que ela queria me ferir, pessoal e deliberadamente. No entanto, eu estava muito longe de ser altivo e flexível como um bambu, e essa é que era, de fato, a questão. Áurea percebera minha admiração por essas virtudes que ela hoje desprezava do mais fundo do coração.

Sempre achei que a causa número um dos meus atuais problemas fosse minha falta de flexibilidade. Essa minha mania irrefletida de enfrentar as coisas, de resistir em vão ao vento que vai acabar nos quebrando. Tenho minha opinião acerca do conceito de inteligência, e não se trata de educação ou cultura, de ética ou moral, e, muito menos, de crenças ou ideais. A pessoa inteligente é aquela que tira o melhor proveito da vida em todas as circunstâncias com os meios de que dispõe, e isso se mantendo tão honesta quanto possível. Um sonho. Eu era, e acho que continuo sendo, o extremo contrário – eu me atirei na luta de olhos vendados, igual a uma daquelas árvores centenárias que julga serem suas raízes mais fortes que todos os duros golpes do mundo. E se me quebraram, como é evidente, e ainda estão me quebrando, é porque não sou inteligente o bastante para esquivar os golpes. Eu nunca serei bambu.

15

Eu a observava galgar de quatro aquele trecho difícil. Ela parecia um caule branqueado pela seca que o vento nem sequer se dá ao trabalho de sacudir. Enquanto, lá embaixo, a listra verde-clara daquele bambu que ela tanto desprezava balançava suavemente por sobre uma mancha sombria, cujas raízes nodosas, disformes, pareciam tão nobres para Áurea.
— E aí, tá devagar? – ela gritou, uma vez concluída sua escalada. – Você não está interessado no resto?
Corri para alcançá-la.

"— ... Ferro era esperado na capital. Tinha sido chamado no Ministério para discutir novas medidas políticas da reforma agrária e também precisava pensar no orçamento do próximo ano. Já fazia vários meses que eu estava na Papoula. Minhas atividades militantes tinham merecido elogios das mais altas autoridades, mas era a primeira vez que Ferro me pedia para acompanhá-lo. Não no Ministério, só até a cidade, decerto para eventualmente me apresentar a algumas personalidades. Quanto a mim, até que estava gostando da ideia, minha foto já tinha saído no jornal, andavam falando de mim e do meu esforço na área da saúde popular, principalmente depois que fui ferida. A mulher de Ferro não era uma inútil qualquer. Eu tinha umas palavrinhas para dizer ao senhor ministro. Resolvemos partir no dia seguinte, ao amanhecer. A viagem seria longa, mas meu carro estava em perfeito estado. Era uma sensação esquisita voltar para a cidade, parecia estranho que durante aquele tempo todo na Papoula eu tivesse pensado tão pouco na minha casa. Era como se, ao conhecer aquelas pessoas, eu tivesse apagado anos e anos de vida e amizades. De repente, tudo aquilo me voltava à memória e, em vez de ficar alegre, senti brotar dentro de mim uma espécie de inquietação. Naquela noite, após o jantar, deixei Ferro com suas papeladas e fui dar uma volta. Não conseguia parar quieta. À emoção da viagem se misturava um sentimento de medo que eu não conseguia realmente entender. Estava andando para lá e para cá atrás do galpão, quando Sandra veio ter comigo. Lembro que ela usava um vestido cor-de-rosa meio amplo e que a brisa da noite o erguia um pouco a cada um de seus passos. Sandra era uma mulher bonita, tinha um narizinho à francesa, como se diz na minha terra, e um olhar brilhante. Eu adorava a sua risada franca. Era uma excelente profissional da área médica, nada lhe escapava. Nem meu estado de espírito. Depois de me contar duas ou três fofocas – era a sua técnica de abordagem quando visitávamos doentes desconfiados –, exclamou alegremente: 'O que está te preocupando, meu bem?'. Foi então que me dei conta de onde vinha o meu medo. Ferro. Algo me dizia que eu ia perdê-lo. Sandra escutou minha apreensão sem nada dizer. Era compreensível. Eu sabia que as coisas não fluíam muito bem entre Ferro e ela, e me arrependi imediatamente de tê-la colocado numa saia justa. Antes de irmos nos deitar, ela só me fez prometer que eu não iria sumir no ar da capital.

"X é hoje uma grande cidade. Apesar da estrutura geométrica e arejada que deveria fazer dela um exemplo de urbanização pós-industrial, suas ruas largas e fachadas lustradas ainda guardam um certo sabor de província. Chegamos dois dias depois, ao cair da tarde, depois de uma parada forçada na metade do caminho. No meu país, as distâncias são imensas. Ferro, que teimara em dirigir por todo o trajeto, desabou assim que colocou os pés em casa. Eu também estava muito cansada, mas ainda gastei um tempo revendo as minhas coisas, redescobrindo aquela casa que eu construíra com tanto ardor em seus mínimos detalhes. Estava tudo em ordem e muito limpo, minha mãe tinha decerto tratado disso pessoalmente. Enquanto Ferro dormia, todo vestido, em minha cama, dei uma volta pelos cômodos, acariciei objetos esquecidos com um vago sentimento de culpa. Depois de tanto tempo no campo, eu me sentia superdeslocada em meio a tanto luxo, luxo que, no entanto, era meu. Na manhã seguinte, Ferro levantou cedo para se apresentar no Ministério. Só retornou no meio da tarde. Chegou atrás de mim de surpresa e me apertou com força naqueles seus braços compridos. Eu não o escutara chegar por causa do barulho do aspirador que era passado na piscina. Ele estava radiante e belo, com seu terno e gravata. Me deu uma vontade doida de atirá-lo na água, assim, à toa, porque eu estava feliz, mas ele não gostava desse tipo de brincadeira. No meio de um beijo, ele se afastou e se pôs a olhar em redor, olhos arregalados. 'Vem, quero ver o resto', disse, tomado por um frenesi. Ele não tivera tempo de visitar a casa na noite anterior nem pela manhã, e agora corria de uma peça para outra feito um menino. Nunca o tinha visto tão eufórico. Eu estava maravilhada, de onde ele tinha tirado aqueles sapatos ingleses? Ia atrás dele, quase correndo, explicando como eu tinha feito isso e aquilo, de onde vinha a madeira dos móveis, os vitrais, e assim por diante. 'Esse troço funciona?', ele perguntou ao avistar minha *jacuzzi*."

Hoje já não tenho certeza, e lamento não ter prestado mais atenção em Áurea enquanto ela falava, mas me pareceu que, ao dizer isso, uma lágrima veio molhar seu rosto. Aliás, há uma quantidade de coisas que me escapam neste momento, o que me deixa preocupado com relação à qualidade do que escrevo. Fico pensando que um dia Áurea poderia topar com este escrito e não se reconhecer. Mas assumo o risco, não creio que ela chegue a ter a oportunidade de me criticar por isso.

"– À noite, após um jantar à luz da lua, a gente fez amor em lençóis de seda. Ele tomou uísque importado, escutou música. Eu tinha trazido um CD de velhas cantigas populares, um presente de Rolo, mas Ferro fez uma careta e pediu Mozart e Rossini. Eu obedeci, era tão bom vê-lo assim relaxado que eu estava pronta a atender todos os seus desejos. Ele tinha cortado e lixado as unhas. Seu pescoço cheirava a perfume, só um pouquinho mas cheirava, um perfume que ele devia ter comprado especialmente. Se você tivesse conhecido Ferro antes, entenderia melhor o que estou querendo dizer. Mas posso estar enganada sobre esses detalhes. Ele talvez já tivesse aquele perfume e os sapatos ingleses há muito tempo. O que me surpreendia não eram as roupas novas, mas a naturalidade com que ele as usava. Até sua voz parecia diferente. De repente, sussurrava palavras de amor nunca antes pronunciadas, pudico como era, com o tom adocicado dessas músicas românticas que eu tinha deixado de escutar justamente porque ele as achava frívolas. Eu estava feliz por ele estar ali, na minha casa. Todinho meu. No fundo, não era isso que eu queria? Tirá-lo do meio da bosta de vaca e trazê-lo para o meu jardim. Minha intenção na Papoula era essa desde o começo. Porém, quando ele dormiu e eu permaneci acordada escutando o ronco do ar-condicionado, voltou aquele sentimento de medo. Oprimia o meu peito. Ficamos apenas três dias na capital. Ferro saía cedo de manhã para tratar dos seus assuntos e eu ligava para os antigos amigos.

"Ferro estava com o tempo contado. Precisava voltar o quanto antes para a Papoula. A viagem de volta já estava marcada. Um dia antes, cancelei um almoço com já não lembro que político e peguei a estrada. Eu não podia, de jeito nenhum, ir embora sem ver minha mãe. Eu dirigia depressa, cortava as curvas, só tinha uma coisa na cabeça: curtir, mesmo que uns poucos minutos, o prazer de voltar à minha antiga casa, ao início de todos os meus sonhos. Fiz o trajeto em metade do tempo normal. Pouco antes de chegar ao portão, ainda dentro do carro, tive um sobressalto. Pela primeira vez na vida, não tinha avistado o pico ao voltar para casa. Aquela montanha alta e negra que costumava me acompanhar por todo o trajeto. A doce e inevitável visão me escapara por completo dessa vez. Me deu vontade de dar meia-volta e refazer o caminho, o que eu certamente teria feito se não estivesse com tanta pressa. Isso me deixou de mau humor, minha mãe percebeu imediatamente. Ela estava preocupadíssima comigo. Depois da licença, não dera notícias com muita frequência. Ela tinha visto a minha foto nos jornais: 'O que é isso, o que está acontecendo com você, minha filha... essas pessoas, tem certeza..., lembra do que o seu pai achava dessa gente?'. Ela me achou mudada, mais dura, disse ela, inclusive fisicamente. 'Sim, claro, o bronzeado do campo não é macio como o da praia. E que roupas são essas, Deus do céu, até parece homem, ah, minha filha, coitada...' Ela estava aos prantos. Tive de me zangar para conseguir convencê-la e explicar que eu não estava ali para ser criticada, já era adulta, e era melhor aproveitar o pouco tempo de que eu dispunha. Eu e minha mãe sempre fomos muito unidas, cúmplices, me incomodava ter de falar com ela assim. Mas o fato é que eu estava com pressa, Ferro me esperava para o jantar, e eu não me sentia perdida como ela achava que eu estava. Ao cair da tarde, depois de prometer que iria sem falta à igreja no dia seguinte, na primeira missa, me despedi de minha mãe e voltei às pressas para casa. Já estava muito escuro para enxergar o pico.

"Em casa, dei com Ferro sentado na frente da televisão, um copo na mão, vestido como se fosse sair. Tinha um jantar com o assessor do ministro e já estava com medo de que eu não chegasse a tempo. Nem adiantava observar que um compromisso se assume a dois, Ferro era assim. Ele tomava a decisão sozinho e, depois, demonstrava que tinha sido a única decisão viável. Foi curioso como ele me acompanhou de perto aquela noite enquanto eu me arrumava. Só faltou ele mesmo me maquiar. Fomos a um restaurante caro que eu conhecia. O secretário adjunto nos esperava na recepção. Era um homem elegante, com um jeito descontraído discreto, cavanhaque preto e uma calvície incipiente. Com uma cordialidade um pouco ostensiva, apresentou-se e desculpou-se pela esposa – uma enxaqueca fulminante a impedia de se juntar a nós naquela noite. Durante o jantar, falou demoradamente sobre a reforma agrária que, segundo ele, estava enveredando por um rumo errado. Palavras como 'medida', 'equilíbrio' e 'moderação' surgiam continuamente em sua fala. Não gostei daquele homem, desde o primeiro momento. Ele era gentil, simpático e afetado como um escroque. Enquanto ele nos empurrava sua sabedoria, eu não podia evitar de pensar em Rolo, de quando ele discutia com Ferro sobre a oportunidade de tal ou qual escolha e Ferro lançava mão daqueles mesmos argumentos extremamente políticos. Eu via então, nos olhos de Rolo, a mesma mescla de tristeza e nojo que tomava conta de mim naquele momento.

"Ferro escutava com muita atenção todas as boas recomendações do assessor, que às vezes estavam mais para ordens do que para conselhos. Ele intervinha de vez em quando. De um modo sempre preciso e impactante, corrigia alguns aspectos que não correspondiam exatamente à realidade do movimento agrário. Mas, no fundo, embora não perdesse uma oportunidade de mostrar ao secretário adjunto que sabia mais sobre o assunto do que ele, pareceu-me que Ferro concordava com ele de A a Z. Tenho certeza de que para ele, naquele momento, era só questão de tática; tirar o máximo proveito daquele encontro com a Instituição enquanto escutava distraidamente aquele monte de formalidades. Estávamos no café quando a conversa abordou o caso da 'Terra das Urtigas'. Não lembro qual era o verdadeiro nome dessa fazenda, que ficava não muito distante da nossa. Na Papoula, era chamada de 'Terra das Urtigas' porque o proprietário, um senhor muito rico que já tinha sido vereador, nunca colocara os pés naquela imensa extensão de terra abandonada desde sempre.

"A 'Terra das Urtigas' se tornara, de uns tempos para cá, uma pedra no sapato do nosso movimento. Embora fosse forte a pressão da base, a invasão daquelas terras férteis e inexploradas era, por um ou outro motivo, constantemente adiada. Até que um dia uma facção dissidente da Coordenação Camponesa as invadiu de surpresa e, àquela altura, centenas de camponeses ocupavam a fazenda, resistindo ao ataque dos capangas. A imprensa continuava falando no caso, e Ferro estava furioso. Dizia que era um suicídio, que os líderes da ocupação eram uns irresponsáveis. Ele os insultava e num instante calava a boca de quem fosse de outra opinião. Ferro tomava isso como uma afronta pessoal, e, na Papoula, muita gente custava a entender sua violenta oposição àquela ocupação. Mas isso não era nada. Sua fúria explodiu realmente no dia em que Rolo confessou, na frente de todo mundo, que ele próprio havia participado da operação, e que a considerava um importante ato de justiça. Com isso, nos dias que antecederam nossa ida à capital, o clima na Papoula andava bastante exaltado. Rolo e Ferro tinham chegado às vias de fato, e só a intervenção dos outros tinha evitado que acontecesse o pior entre os dois irmãos. Todos falavam no assunto, as opiniões divergiam, mas ninguém se atrevia a enfrentar a fúria de Ferro. Ele era essencial para o movimento, todo mundo sabia disso, era melhor aguardar passivamente os acontecimentos do que arriscar rompimentos entre nós.

"Ao escutar o nome da fazenda, Ferro se enrijeceu na cadeira. O assessor fez que não notou e continuou expondo suas convicções. Era fundamental que aquela propriedade fosse desocupada, dizia. O caso tinha provocado o maior estardalhaço.

Até na Assembleia, onde o proprietário contava com o apoio de vários deputados. A situação estava insustentável. O ministro estava submetido a uma avalanche de protestos, o que perigava comprometer seriamente o voto para o próximo orçamento. Aquela situação tinha de acabar o quanto antes, custasse o que custasse. Embora se sentisse diretamente atingido, Ferro não perdeu o sangue-frio. Em poucas palavras, deu a entender que era praticamente impossível tirar toda aquela gente das Urtigas sem dar nada em troca. Isso criaria dissidências entre eles e daria margem a que os líderes fossem politicamente atacados por uma atitude manipuladora. A essa altura, eu já não tinha mais certeza de que se tratava de uma simples tática. Estava a ponto de intervir. Mas o assessor, com um largo sorriso, imediatamente tirou um ás da manga. Abriu um mapa detalhado da região, pôs o dedo num círculo traçado em vermelho e disse, satisfeito consigo mesmo: 'Aqui está a solução dos nossos problemas: vocês encaminham o pessoal para esta outra fazenda aqui; é um pouco menor, mas vai resolver'. Ferro virou o mapa, pôs o dedo no círculo vermelho e permaneceu absorto alguns instantes, até dizer finalmente: 'Pode ser, vamos tentar'. Eu estiquei o pescoço para ler o nome da tal fazenda. Eu conhecia. Com Sandra, estivera lá várias vezes para atender os filhos de uns camponeses que moravam lá havia bastante tempo. Claro, ainda não era uma terra bem explorada, longe disso, mas, mesmo assim, por que expropriar terras onde havia famílias assentadas e deixar a Urtigas entregue às urtigas? Eu não conseguia entender, e fiquei algum tempo calada. Em seguida, dei minha opinião, mais ou menos como dei agora a você. Tinha que ver a cara do assessor. De repente, perdeu toda a afabilidade e ficou me olhando como se eu fosse a última das canalhas, que se metia em assuntos importantes. Eu até teria gostado de dar uma chacoalhada naquele elefantinho de sorriso ensinado, se o próprio Ferro não tivesse me fulminado com o olhar. Nisso, só me restava escolher entre me levantar e voltar imediatamente para casa ou ficar dignamente grudada na cadeira até que viesse a conta. Fiquei, mas me sentia aniquilada. Mais tarde, soube que o proprietário da Urtigas era um aliado do governo – e o da outra fazenda não tinha como competir.

"Apesar de minha resistência, o assessor ainda insistiu para nos levar em casa. Ferro, que conversou alegremente com ele durante o breve trajeto, fechou a cara assim que pôs os pés em casa e foi direto para a cama sem dizer palavra alguma. Fiquei um tempão no terraço, precisava juntar os cacos, aliviar aquela angústia furiosa que me sufocava e me impedia de entender o que estava acontecendo. Não conseguia organizar os pensamentos. Vinham todos de uma vez, embaralhavam a minha cabeça, levavam minha preocupação ao extremo. A Papoula, os doentes que eu tinha deixado naquelas terras esquecidas por Deus, Sandra, Rolo, o movimento e... Ferro. O que ia acontecer com ele? Eu só me preocupava com isso, sem consideração alguma por meu próprio sofrimento. Quando abri a porta do quarto, ele acendeu imediatamente a luz. Trocamos um olhar doloroso, no dele havia uma censura mal disfarçada. Ele esperou até eu tirar a roupa e me deitar ao seu lado, então não se aguentou e começou: 'Não quero brigar com você, mas preciso entender por que você falou aquilo. Pode me explicar, pode me dizer o que é que te deu? Em vez de se valorizar nos altos escalões como você merece, e como eu queria, você, pelo contrário, ficou calada a noite toda e quando abriu a boca foi o maior disparate. Por que isso?'. Eu fiquei pasma. Até então, eu ainda alimentava alguma ilusão em relação ao teatro dele com o assessor. Como seria bom se naquela hora, na nossa cama, ele tivesse me abraçado e murmurado: 'Os doutores que fiquem discursando, na prática quem decide é a gente'. Eu queria falar, dizer um milhão de coisas muito sensatas, mas diante daquela rigidez, só consegui dizer, sem muita convicção, que ele estava enganado. Havia no olhar de Ferro uma coisa forte que, dependendo, podia tanto seduzir como chocar seus interlocutores. Foi assim que ele me olhou, endireitando-se bruscamente na cama. 'Que papo é esse?', ele atacou, tremendo de raiva. 'Cadê o seu belo discurso sobre o verdadeiro sentido da vida, a inteligência, a estratégia... mudou de ideia? Você quer fazer igual a esses coitados que entram de cabeça na luta sem nenhuma noção de política, sem pensar nas consequências, correndo direto para o sacrifício? E que só no último minuto, quando já é tarde demais, percebem que erraram o alvo, que tinham de ter feito de outro jeito e em outro lugar? É isso que você está propondo? Me diz, é isso?' Não respondi, virei as costas e apaguei a luz. Foi ali, me obrigando a fechar os olhos, que aquela sensação horrível que vinha me remoendo desde a noite anterior à viagem se esclareceu de repente. Eu, que pretendia fazer Ferro cair em si, arrancá-lo dessas 'veleidades revolucionárias e levá-lo para uma vida séria', agia por amor, sem dúvida, mas também por convicção. Eu, a ambiciosa que só ansiava pela beleza dos altos cimos, tinha aos poucos descido a ladeira e me deixado prender pelas 'veleidades de baixo'. Ao passo que Ferro, meu doce amor a ser salvo da desgraça, continuava subindo e agora me devolvia meu próprio discurso, do alto de sua conquista.

"No dia seguinte, acordei antes de Ferro. As malas estavam prontas, dava tempo de eu cumprir a promessa que fizera à minha mãe. Havia uma igreja ao lado de casa. Uma construção que se queria moderna, com sua fachada de figuras geométricas sobrepostas, mas era um mero toque de mau gosto numa floresta de prédios de vidro fumê. A missa das seis já tinha começado. Àquela hora, metade da igreja estava vazia, só os muito idosos é que têm pecados a ser perdoados. Sentei lá no fundo, todo mundo se virou. Olhares fugidios, meus trajes eram inadequados. Mal se ouvia a voz do padre, ele erguia os braços, ofertando com gestos lerdos os ornamentos dourados cercados de figuras barrocas duvidosas. Queria me concentrar na oração, pedir perdão por mim, por Ferro, por minha mãe, pedir paz para a alma do meu irmãozinho. Eu não tinha perdido a fé. Ainda não. Mas, em vez disso, continuava fitando o padre, seu rosto pálido de pele fina, os lábios rosados, o olhar apagado. Um conjunto grotesco que eu não podia evitar de comparar com a força natural que emanava do padre Mario em cada uma de suas palavras objetivas, de seus olhares diretos. Passados alguns minutos, levantei-me soluçando e saí correndo.

"A viagem de volta à Papoula não poderia ter sido mais difícil. Ferro dirigia, eu tentava dormir e, como não conseguia, só me restava fechar os olhos e fingir. É terrível rodar numa estrada horas e horas com outra pessoa sem dizer nada. Ao arrumar as malas, Ferro me dirigira a palavra. Ele tinha reparado em uns romances em alemão que eu colocara na minha sacola. Rolo era a única pessoa da Papoula que sabia essa língua, e eu tinha prometido levar aqueles livros para ele. Ferro apontou um dedo acusador e disse secamente: 'Estou vendo que você agora se preocupa mais com ele do que comigo'. Foram suas últimas palavras. Mesmo assim, eu ainda o amava, agora mais do que nunca. Achava que se ele tinha chegado a esse ponto, eu era a única responsável. Meu Deus, só de pensar numa separação eu entrava em pânico. Quantas vezes, na cama, depois de fazermos amor, a gente conversava horas a fio sobre esses princípios inabaláveis que, quando respeitados, fazem que um casal continue sendo sempre um casal, com base na cumplicidade. 'A cumplicidade, em público, não tem limites', Ferro dizia. 'Amigos de verdade, como marido e mulher, têm a obrigação de defender um ao outro, mesmo que um dos dois cometa um ato monstruoso. As contas a gente acerta depois, entre nós.' Eu achava aquilo maravilhoso, poderia haver declaração de amor mais forte do que essa? Mas, agora, eu espiava Ferro, mãos apertadas na direção e o olhar duro, fixo à sua frente. Eu agora estava com o coração partido.

"Na Papoula, o clima estava mais descontraído do que antes da nossa viagem. A ocupação da Urtigas aparentemente já era dada como certa. 'Seja como for, já tem gente demais na fazenda, eles não teriam como expulsar essas pessoas sem causar um banho de sangue', Sandra me garantiu. 'Seria impensável, as autoridades não iriam assumir uma carnificina dessas. E você', ela perguntou, 'deu tudo certo por lá?'. Sim, claro, respondi, sem coragem para encará-la. Vamos conseguir uma verba do Estado, o movimento talvez consiga um futuro ministro, a Urtigas vai ser desocupada e eu estou com vontade de chorar, foi isso que aconteceu por lá. No caminho de volta, eu tinha jurado a mim mesma não comentar com ninguém sobre os acordos firmados por Ferro, mas eu estava cansada e Sandra era minha amiga. Ela não disse nada, me ajudou a desfazer a mala e saiu correndo para uma emergência – tinham vindo avisar sobre um parto difícil nas redondezas. Os dias seguintes transcorreram de forma mais ou menos rotineira, cada qual com suas tarefas. Tinha havido três ou quatro desistências enquanto estávamos fora. Pessoas que se juntaram aos dissidentes. Ferro não se importou. 'São uns cabeças quentes', dizia. Ele convocou uma assembleia geral na qual explicou ponto por ponto as novas disposições governamentais. Sem mencionar o caso da Urtigas. Entre nós dois, as coisas tinham mais ou menos voltado à normalidade. Eu continuava saindo com Sandra para tratar dos doentes, ele se reunia seguidamente com o prefeito, mas não falava no assunto. Rolo, por sua vez, se ausentava com frequência, passava mais tempo na Urtigas do que com a gente. Depois da briga, fizera-se um gelo entre os dois irmãos. Várias semanas se passaram assim, numa tranquilidade aparente. A imprensa já não se interessava pela ocupação, eu retomei meus passeios a cavalo com Sandra e Rolo, quando ele estava lá. Ferro não via isso com bons olhos, mas, ocupado com seu trabalho e suas reuniões, tirando alguns sinais de ciúmes que eram novidade para mim, nunca tocava no assunto."

De repente, atrás de uma curva, avistaram-se ao longe os primeiros prédios da cidade. Ao vê-los, Áurea diminuiu o passo. Estava lívida. Observei também que ela continha a muito custo um tremor intermitente que a sacudia da cabeça aos pés. Atribuí ao cansaço, não tínhamos comido nada o dia inteiro, e a garrafa d'água estava vazia desde a metade do caminho. Aproximei-me para ampará-la. Bastou eu esboçar o gesto para ela se afastar bruscamente. Os olhos cheios de ódio.

– Contente-se em escutar, não quero a sua compaixão – disse ela, fazendo vibrar as palavras.

Esse acesso de raiva teve, pelo menos, o efeito de acalmar seu tremor. Ela retomou a marcha, não tão rápida como antes, mas com passadas firmes. Eu vinha logo atrás, chateado comigo mesmo por me deixar tratar daquela maneira sem reagir. Ela sabia que eu era estranhamente atraído por ela e à vezes me autorizava a falar sobre minha falta de jeito. Eu deduzia daí que ela me achava suficientemente instruído para lhe servir de ouvinte, mas de modo algum de interlocutor qualificado.

Na verdade, não entendia por que ela buscava minha companhia. Áurea não tinha nada de bom, nada mesmo. Era arrogante, desprezava todo mundo. Principalmente a mim. Minha impressão era de que seu coração estava mumificado. Além disso, ela era má. Sim, cruel. Quanto à sua aparência, eu já não estava em condições de julgar. Contudo, continuava a segui-la, e isso decerto tinha algo a ver com sua história.

Agora, enquanto escrevo, sei perfeitamente que seu mal-estar não era causado pelo cansaço, e sim pela evolução da narrativa. A cidade se aproximava no mesmo passo que seu drama. Quando ela prosseguiu, foi quase num tom de desculpa.

– Certo dia, quando regressei de uma das minhas rondas de distribuição de remédios, Ferro me pediu que o acompanhasse a uma reunião com o pessoal da Urtigas. Também estavam lá o prefeito, um enviado do ministério e um ou dois representantes das demais organizações agrárias. A pauta era tentar resolver o assunto propondo ao pessoal da Urtigas que abandonasse a fazenda e se transferisse para uma outra. Dei mil pretextos para tentar fugir da minha responsabilidade de militante, evitando aquela negociação com a qual não concordava de jeito nenhum. Mas Ferro insistiu tanto, apelando até para alusões ferinas sobre o tipo de relação que eu mantinha com o irmão dele, que finalmente, sentindo-me dividida, acabei aceitando. Era uma tarde de verão, uma multidão de homens, mulheres e crianças esperava por nós no pátio da Urtigas, sob um calor de rachar. Reparei imediatamente em Rolo, na primeira fila, ao lado dos líderes da ocupação. Eu conhecia todos eles de vista. O enviado do ministério, um magricela baixinho que boiava em sua camisa de manga curta e sua calça de linho, estava vermelho de suor. Quanto ao prefeito, desceu do carro como quem se apresenta a uma parada militar. Era um homem detestável e perigoso, metido em todo tipo de tramoia. Os outros dois que o acompanhavam mais pareciam estátuas. Assim que chegamos, Rolo grudou seu olhar em mim. Era óbvio que não esperava me ver ali, e fez um muxoxo de desagradável surpresa. O pessoal à nossa frente nos fitava com um olhar desconfiado. Baixei os olhos, fiquei um pouco à parte, pensei em fingir um mal-estar e ir me refugiar dentro do carro. Ferro cumprimentou educadamente, alguém respondeu com um aceno de cabeça, em seguida ele nos apresentou e iniciou seu discurso, tratando o assunto com distanciamento. Já nas primeiras palavras, tive a impressão de que todo mundo sabia no que aquilo ia dar. Ferro também percebeu e me endereçou um olhar carregado de censura. Os camponeses estavam firmes no lugar, alguns com o chapéu na mão, embora a maioria o mantivesse bem enfiado na cabeça, tudo isso num clima evidentemente pouco amigável. Quando Ferro entrou no cerne da questão, fez-se um burburinho geral, mas bastou um dos líderes levantar a mão, sem sequer se virar, para que todos se acalmassem de repente. Era uma gente obviamente muito bem organizada, que já havia enfrentado muitos ataques à mão armada. Sua disciplina parecia preocupar o prefeito, que se apoiava nervosamente num pé e noutro. Ferro, que não esperava aquela reação, estava muito pálido. Usava os argumentos mais convincentes, mas percebia-se em seu semblante que, no fundo, ele odiava seu próprio discurso, discurso que aquela multidão de condenados à miséria escutava em silêncio. Quando ele pronunciou o nome da fazenda que eles poderiam ocupar no lugar da Urtigas, um espanto seguido de gritos de protesto obrigou Ferro a se calar. Crescia o resmungo geral. A raiva levava a melhor sobre a disciplina previamente imposta. Alguém gritou "Esse aí está pior do que um político", e outro reforçou "Volta para a capital, cara, aqui você já deu", e assim foi indo, até chegarem aos insultos. Ferro não retrucava, só lhe restou ostentar um sorriso de desprezo, no qual nem ele acreditava de fato, e recuar de cabeça baixa para dar a palavra a outro orador. Nisso, uma mão se ergueu na primeira fileira dos camponeses, e todos se calaram. Era um homem dos seus cinquenta anos, atarracado, com um grande bigode preto, chapéu na mão. Adiantou-se um passo. "Senhor", disse, com todo o respeito, "e estou falando em nome de todos, não posso deixar de dizer que a sua proposta é uma vergonha para as autoridades que deveriam zelar pela aplicação da lei da reforma agrária e, mais ainda, para aqueles que têm lutado até agora pelo direito à terra. Vejam", disse, apontando para os campos em volta, desmatados e em parte lavrados, "aqui, antes, só tinha urtiga, e em pouquíssimo tempo a gente transformou isso num jardim. E vocês querem que a gente saia daqui e vá ocupar umas terras que já estão alimentando outras famílias? Qual é a lógica? Aliás, em nome da democracia, gostaria de pedir aos membros de nossa comunidade que concordam com a proposta que levantem a mão". E retornou para o seu lugar. Nenhuma mão se levantou. Fervendo de raiva, o prefeito se adiantou ao enviado do ministério, que queria intervir, e num tom severo qual comandante de batalhão, dirigiu-se principalmente àqueles que, segundo ele, seriam os líderes – ou seja, Rolo, que, claro, era um deles. "Escutem bem", trovejou o prefeito, "vocês receberam uma proposta. Não interessa quais são os termos, já que essa ocupação é ilegal, e eu, aqui, represento a lei. Que isso fique muito claro para todos os presentes. Ora, vocês se recusam a desistir dessa ocupação ilegal. Saibam, senhores, que não vamos aceitar nenhuma insolência e, seja como for, vamos usar todos os meios para tirar vocês daqui. Portanto, pensem nas consequências. Fui claro o suficiente? Pensem bem, senhores, voltamos a conversar daqui uma semana". Nisso, escutei a voz de Rolo retrucar: "Nós vamos esperar pelo senhor, prefeito. O senhor sabe que a gente não tem medo de suas ameaças, mas, da próxima vez, faça o favor de aparecer sóbrio, nem que seja por respeito ao povo que o senhor diz representar". Ferro apertou o meu braço e me empurrou para o carro. No caminho de volta, o prefeito, com o rosto em brasa, não parava de repetir: "Eles vão ver só, eles vão ver só, canalhas".

Nisso, os cúmulos levados pela brisa da tarde descortinaram uma imensa lua pálida, já alta no céu, que só a custo vinha derrotar o sol agonizante. Já estávamos quase chegando. A partir dali, a trilha despencava em direção ao mar, que agora devolvia ao céu clarões de luz vermelha e amarela. Até Áurea adquiria alguma cor. Estaquei de súbito, a cortina se abrira de surpresa sobre uma cena esplendorosa, e meu coração entorpecido custava a se habituar. A exuberância do céu, das cores, a massa luxuriante de uma mata distante, tantas sensações penetravam minha pele me deixando mais alerta, mais disposto. O espetáculo, contudo, era o mesmo de todas as noites.

Áurea fitou-me com um olhar preocupado.

– E aí, meu bem, não me diga que vai ter uma crise glicêmica!

– Eu achava que estava morto e agora, de repente, estou aqui olhando para essa maravilha.

Disse isso sem pensar, minhas palavras surpreenderam mais a mim mesmo do que a ela. Antes de começar a descida, ela conferiu a sola dos seus calçados. E tornou a se absorver em sua história.

"– Fiquei morrendo de medo. Por que Rolo tinha falado aquilo para o idiota do prefeito, será que ele não podia ficar quieto, se esquivar um pouco, para que chamar tanta atenção? Ele tinha feito de propósito. Eu tinha certeza de que ele tinha falado aquilo para o irmão. Queria magoá-lo, fazer que ele reconhecesse seu deslize, mostrar, para ele e para os seus aliados, como ele tinha se extraviado em sua busca por poder. E agora, o que eles iam fazer? Porque era óbvio que o prefeito, o governo, aquele pessoal todo não ia ficar de braços cruzados. Principalmente o prefeito, depois de passar por uma vergonha daquelas – tinha avisado que iria se vingar por todos os meios. Ante a rigidez de um lado e de outro, uma solução pacífica se tornara praticamente impossível. A manobra de Ferro, segundo o qual a proposta, no mínimo, causaria dissensões entre os ocupantes, se voltava contra ele. O resultado, pelo contrário, tinha sido fortalecer ainda mais a união entre eles. E eu, de que lado estava? Me perguntava, tentava responder, buscava uma solução qualquer. Em vão. A impressão era de que dali em diante nada seria mais como antes. Durante o trajeto de volta, Ferro não disse uma palavra. Estava pálido e segurava a direção como quem segura uma metralhadora. Chegamos na Papoula muito antes do entardecer. Havia um bocado de gente zanzando pelo pátio, suas atividades estavam todas, como que por acaso, concentradas ali. Ficaram olhando enquanto descíamos do carro e nos dirigíamos a passos largos em direção à casa. Quando passávamos perto de um ou outro, eles baixavam a cabeça, nossa fisionomia devia bastar para eles adivinharem o resultado da reunião. Ferro imediatamente me chamou na sua sala. Não quero nem falar naquele momento terrível. Primeiro porque eu estava como que anestesiada e só escutava seus gritos pela metade, e também porque, com o tempo, eu quis de fato esquecer. Ferro estava como louco, há momentos em que um homem começa a gritar com uma voz que não é a sua, uma voz irreconhecível e apavorante. Ele tinha perdido, e isso ele não suportava. Estava furioso com Rolo, mas foi em mim que ele descontou. Dizia que eu tinha virado cúmplice do irmão, e dizia muito mais, insultos nunca antes pronunciados. Naquela noite, fui para o quarto de Sandra e, pela primeira vez desde minha chegada na fazenda, tomei um remédio para dormir.

"De fato, o clima na fazenda já não era o mesmo. Já na manhã seguinte, estavam todos a par de tudo. No café da manhã, sentia-se a tensão no ar, nenhum riso, nenhuma palavra à toa, cada qual se servia e saía depressa. Tenho certeza de que algumas pessoas estavam chateadas comigo. As que eram a favor da ocupação da Urtigas – ao passo que eu tinha participado da farsa do lado errado. Aquelas com quem eu passara tão boas noitadas e que agora não se atreviam a me cumprimentar. Mas não eram todas. Sandra continuava cuidando de mim como uma irmã, e muita gente também entendia minha situação e se mostrava calorosa. Mas eu estava mal. Ferro não falava comigo, gritava com todo mundo por qualquer motivo, dizia a quem quisesse ouvir que não podia fazer mais nada por aqueles safados, que eles tinham optado pela guerra e que ia acabar sobrando para alguém. Essas palavras me gelaram até os ossos. Eu sabia muito bem do que eram capazes o prefeito e aquele bando de capangas a serviço dos colonos. Um dia, juntei toda a minha coragem e resolvi ir falar com ele. Queria que Ferro interviesse nos altos escalões, aos quais ele sem dúvida tinha acesso, para evitar o pior. Ele nem se deu ao trabalho de responder, continuou trabalhando como se eu não estivesse ali. Eu já me afastava com lágrimas nos olhos quando ele exclamou às minhas costas: 'Cabeças vão rolar, você pode avisar o seu amigo'. 'Meu amigo', claro, era o seu irmão Rolo. Desesperada, continuei com minhas visitas nas redondezas, mas minha cabeça estava longe. Por mais que Sandra tentasse o tempo todo me tranquilizar, eu esperava uma tragédia de uma hora para outra e não podia fazer nada. Na Fazenda, era a mesma coisa, todo mundo cochichando, às vezes brigavam em pequenos grupos. Estavam divididos, uns a favor e outros contra, mas ninguém tinha coragem de pressionar Ferro para que ele usasse o bom-senso. Um mês transcorreu assim. Era a época do ano em que a lide na fazenda se acelerava. Havia que preparar os campos para a semeadura, e homens e mulheres saíam de manhã cedo para só retornarem à noite, mortos de cansaço. Ao mesmo tempo, corria o boato de que os dias dos líderes da ocupação da Urtigas estavam contados."

Chegamos à praia, e já nos aproximávamos de um subúrbio que ficava rente à costa. Eram casas baixas, um ou dois andares, algumas de concreto ou madeira, outras de bambu. Casas de pescadores, seus barcos de fundo chato guardados em pequenas enseadas. Crianças perseguiam caranguejos de casca transparente que escapuliam pela areia branca da praia. Áurea se deteve um instante a observá-las. Elas corriam para todo lado atrás de suas presas, e assim que apanhavam um caranguejo, corriam para prendê-lo num cesto. Áurea contemplava aquilo com um quê de ternura. Era um desses raros momentos em que, com a expressão trêmula da descoberta, ela lembrava uma menina.

Durou apenas um instante. Logo arrependida de sua brandura, retomou bruscamente a marcha. Eu me deixei ficar um pouco para trás, enquanto a observava afastar-se com seu vestido branco esvoaçando na brisa e seu jeito de soldada israelense, e comentei com o mar: como ela é classuda.

"– Na Papoula também havia crianças", ela retomou. "Elas não faziam as refeições com Ferro, na mesa dele o anticoncepcional imperava. Mas existiam algumas famílias, e as crianças menores, já nascidas ali, que me chamavam de 'tia'. Havia uma menina de oito anos, a Janaína, que não era da fazenda, e que eu tinha tratado de uma infecção pulmonar. Ela e os pais acabaram se apegando tanto a mim que me convidaram para madrinha. A casa deles ficava a uns dez quilômetros, na beira da estrada para a cidade. No piso térreo, eles tinham um boteco pequeno onde os caminhoneiros paravam para lanchar. Eu não deixava de fazer uma visita sempre que passava por ali. Gostavam muito de mim, a mãe me chamava de 'nossa senhora dos milagres'. Foi lá que os líderes da Urtigas foram mortos. Rolo estava com eles", ela acrescentou com voz rouca.

"– Aconteceu num sábado à noite. Eles estavam em cinco e tinham escolhido o boteco para uma reunião discreta. Ninguém, na fazenda, fora informado, não que eu saiba. Mais tarde, as testemunhas mencionaram duas caminhonetes que chegaram por volta das nove horas, com vários homens armados. Entraram no local, metralharam a mesa em que Rolo e os outros estavam sentados, e foram embora. A notícia se espalhou rapidamente, ecoou de fazenda em fazenda e, antes da meia-noite, um bando de camponeses enfurecidos tomou a prefeitura de assalto. O prefeito não estava lá e, como que por acaso, um batalhão de choque estava na cidade. A revolta durou uma semana inteira, com vários enfrentamentos que custaram a vida de vários camponeses e de um soldado. Então, a fúria foi cedendo lugar à obrigação: o trabalho na lavoura estava se tornando urgente. Os mortos foram enterrados e, na ocasião, o ministro da Justiça prometeu que haveria uma investigação minuciosa. Só restava a cada um voltar à sua lavoura, remoendo, ao mesmo tempo, planos de vingança. Dias depois, a Urtigas foi desocupada, quase sem resistência e sem seus líderes, que acabaram se dividindo. O terror obtivera ganho de causa.

"Enquanto isso, Ferro se manteve na sombra. Mesmo no funeral do irmão, apareceu o mínimo possível. Eu soube de tudo isso pelo que me contaram, já que adoeci no dia seguinte ao massacre e, apesar dos cuidados de Sandra, a febre me obrigou a ficar de cama. Não tive forças sequer para ir jogar uma flor na cova do coitado do Rolo. Assim que melhorei, falei com Sandra sobre a minha intenção de deixar a Papoula. Ela ficou triste, tentou me dissuadir, mas finalmente, antes do raiar do dia, pulou da cama para me ajudar a arrumar as malas. Nos despedimos em meio às lágrimas e mil promessas. Sandra era mais do que uma irmã para mim, agora só me restava ela. Se ela não viesse me visitar, eu enfrentaria a viagem por ela. Não em seguida, teria sido impossível, doloroso demais. Mas dali a algum tempo, sim, sem dúvida. Peguei a estrada debaixo de uma chuva fina, bem cedinho, para ainda dar um beijo na minha Janaína antes da escola. Não podia ir embora sem lhe dar um último adeus e a seus pais. Eu era muito apegada àquela família, muitas vezes eles me convidaram para almoçar e, depois, eu os levava para passear de carro. Havia uma grande represa ali perto, fui eu quem ensinei Janaína a nadar. No caminho, ultrapassei o ônibus que pegava as crianças para levar à escola e, quando cheguei na casa deles, Janaína, de mochila nas costas, já estava esperando na beira da estrada. Ela se pendurou no meu pescoço, enquanto a mãe nos observava da porta. Fiquei surpresa que ela não se aproximasse. Estava parada ali, com um pano na mão, faces vermelhas, e só depois que o ônibus foi embora é que ela veio para mim e se jogou nos meus braços, aos prantos. Eu não a tinha visto desde o acontecido. Ela me abraçava com força, suas lágrimas molhavam meu ombro, não conseguia falar. Atribuí aquilo à emoção, cinco mortos na casa, assassinados feito cães, devia ter sido uma experiência terrível. Levei-a de mansinho para dentro. Ela foi lavar o rosto, voltando depois para a cozinha. Suas mãos tremiam. Sentada na minha frente, olhos inchados fitando os meus, ela me perguntou em que pé estava minha situação com Ferro. Respondi que estava terminado, que eu estava indo embora, mas que nunca me esqueceria de todos eles. Ela balançou a cabeça, juntou o pano e escondeu o rosto. Então, falou com voz neutra: 'Ele estava aqui pouco antes do massacre'. Não entendi o que ela queria dizer, mas um arrepio me percorreu a espinha. Ele quem, o quê, o que está havendo afinal? Sem nem me dar conta, me levantei. Ela se levantou também, deu a volta na mesa e segurou meu braço com força, sacudindo-o enquanto falava: 'Na noite do massacre, estavam todos sentados ali, e também o irmão dele, o Rolo. Olha, eu não paro de lavar essa mesa, mas o cheiro do sangue ainda está aí, eu sinto. Nisso, quero dizer, antes de acontecer, aparece o Ferro. Deu uma olhada na mesa e, quando viu o Rolo, pensei que ele ia dar meia-volta. Todo mundo sabia que eles não se falavam. Mas ele ficou, pálido, quieto, em pé, tomou uma cerveja e foi embora. E não deu nem meia hora... foi o inferno. Aquele sangue todo aí, nessa mesa...'. Ela se jogou nos meus braços.

"Desabei na cadeira, incapaz de pensar ou agir. Sentia que ia desmaiar. A mãe da Janaína correu para pegar um vidro de vinagre, molhou um pano e colocou debaixo do meu nariz. Quando voltei a mim, não fui capaz de reconhecer minha própria voz: 'Você está querendo dizer que ele sabia e deixou que matassem o irmão, é isso? Me diz...'. Ela teve um gesto de recuo, parecia arrependida de ter falado. Mas eu a encarei, insisti muito. E com uma voz que mal dava para se ouvir, ela respondeu: 'Não tenho certeza de nada, não posso afirmar, mas ele, o Ferro, não estava muito bem naquela noite. E que visita foi aquela, rapidinha, justo naquela noite, logo ele que fica um ano inteiro sem aparecer? Deduza você mesma, minha querida'.

"Já não sei como saí daquela casa, como peguei o volante e fiz o trajeto de volta. Quando estacionei no pátio da Papoula, Sandra ainda estava lá e veio ao meu encontro. Com um ar surpreso e alegre, perguntou se era para pegar minhas malas. Fiz um sinal que não e, evitando seu olhar, corri até a casa. Preocupada, evidentemente, com minha atitude, ela me seguiu até a porta, mas não se atreveu a entrar. Como que em transe, subi até o andar de cima e fui direto para o quarto. O mesmo quarto em que, poucas semanas antes, eu e Ferro vivíamos noites de amor. Em cima do armário, havia um revólver escondido debaixo de umas caixas. Subi numa cadeira, peguei a arma, conferi se estava carregada e a guardei na bolsa. Já disse a você que eu tinha experiência com armas desde criança. Ferro estava no escritório. Estava ao telefone, mal olhou para mim. Não parecia surpreso de me ver, continuou conversando tranquilamente com alguém importante, a quem tratava por 'senhor'. Estava vestido com sua roupa de reuniões. Esperei em pé até ele terminar. Acho que foi naquele momento, vendo sua expressão de autocomplacência, que decidi ir até o fim das minhas intenções. 'E aí?', disse ele, ao desligar o telefone. 'Achei que você tinha se mandado.'

"Não sei o que ele enxergou no meu rosto, e eu não sentia mais o meu corpo. Era como se músculos, sangue, nervos tivessem paralisado de repente. Eu só tinha uma pergunta. E ela saiu sozinha: 'Você sabia de tudo e deixou acontecer?'.

"Ele não respondeu de imediato, cruzou as mãos atrás das costas e começou a andar pela sala. Às suas primeiras palavras, que eram só um começo de resposta, abri fogo. Apertei uma primeira vez o gatilho. Em sua camisa surgiu uma mancha vermelha. Atirei uma segunda vez, e outra, e mais outra, o quanto deu. Acabaram as balas, e eu continuava atirando. Ele recuou, cambaleando, a cada impacto ele se encolhia, mas não caía. Sempre se reerguia, como se as balas não fossem balas, mas rajadas de vento. O revólver caiu da minha mão, e ele continuava em pé, de costas para a parede, olhos revirados, mas em pé. O que aconteceu em seguida, não faço a menor ideia. Imagino que, ao ouvir os disparos, Sandra tenha corrido para o escritório e me tirado dali. O bambu tinha sido ceifado, mas eu não o vi cair. Eu devia estar em estado de choque, e ela deve ter me injetado uma boa dose de calmante, ou várias doses, pois só acordei dentro do carro, umas vinte horas mais tarde, enquanto ela enchia o tanque e pagava com moeda estrangeira. Nos separamos na sala de embarque de um aeroporto em que se falava outra língua. Eu não tinha mais mala nenhuma, só uma passagem para Paris. Nunca mais a vi depois disso."

16

"Nunca mais a vi." A essas palavras, sua voz se apagou. Como se, com sua narrativa, não tivesse feito outra coisa que não abrir um inextricável caminho entre amor e morte tão somente para anunciar a perda de uma amiga. Uma vez cessado o som de suas palavras, o próprio caminho que vínhamos percorrendo juntos parecia chegar ao fim. Nos encaramos um instante, o tempo de colher, um nos olhos do outro, a mesma pergunta, e então retomamos nossa caminhada a passos miúdos, cabeça baixa. Continuamos assim por algum tempo. De repente, tive a plena certeza de que algo extremamente importante estava acontecendo, que iria pesar tanto no meu futuro como no dela. Tentei me desfazer dessa sensação, tão forte quanto absurda. Entre eu e ela não existia absolutamente nada em comum, a não ser aquele passeio corriqueiro com vista para o mar que não perturbaria sequer o voo de uma gaivota. Não tenho, porém, a menor dúvida de que, naquele momento, uma decisão importante ficou suspensa pelo tempo de um arrepio.

Rompi o silêncio.

– Por que me contou tudo isso?

Áurea me olhou como se eu fosse perder a razão de um momento para outro.

– Por quê? – disse ela, áspera. – Porque talvez tenha chegado a hora do acerto de contas.

– De contas...

– É, acerto de contas, de pôr para fora, da confissão, dê o nome que quiser. Se fechar é uma negação. O passado sempre acaba nos alcançando, necessariamente acabamos arcando com as consequências. Sempre as mesmas. Aí é outra fuga, mais uma, só que cada vez menos pensada, o cansaço, a garganta presa, tudo se repete exatamente igual, a gente já não tem energia nem vontade para recomeçar eternamente, e aí só resta deixar rolar. E por que não aqui? Uma praia como outra qualquer. A prova – concluiu, abrindo os braços e fechando-os como que trazendo para si mesma a paisagem que acabava de abraçar.

Eu não tirava os olhos dela, procurava em seu rosto uma resposta, uma explicação, um sinal qualquer de descontração para acalmar as pontadas que me cutucavam de longe. Ou talvez fossem só uma impressão essas ardências que eu há tempos julgava extintas, junto com o meu passado. A expressão de Áurea era indecifrável. Recomeçou a caminhar, como quem não quer nada. Só me restava segui-la, vasculhando minha cabeça triturada para desencavar algum vínculo, alguma eventual relação entre mim, ela e sua história.

Pegamos um atalho que subia pela parede rochosa. Essa que separava a baiazinha pedregosa da praia plana e lisa igual à palma de uma mão pousada entre a fileira de telhados pontudos dos quiosques e o azul reluzente da água. Ao cair da tarde, depois que se fora o último banhista, os moleques que passavam o dia inteiro por ali, saltando de pedra em pedra à cata de camarões e caranguejos, corriam todos para aquele promontório a fim de chegar à praia grande, finalmente toda deles.

Eu já tivera tempo de observá-los, várias tardes seguidas, nessa mesma operação. Uma hora antes do pôr do sol eles se reuniam ao pé do rochedo. Ali, o chefe do dia (observei que não era sempre o mesmo garoto o responsável pela pesca) esvaziava os cestos na areia. Caranguejos e camarões eram então rapidamente repartidos em partes iguais, e cada qual guardava a sua num saco plástico. Depois se dispersavam, correndo, para voltar para casa e retornar em seguida, agora munidos de um bastão. Essa manobra atiçara minha curiosidade. No dia seguinte, arrumei um lugar à sombra de onde tinha uma visão melhor. Depois de se encontrarem mais uma vez ao pé do rochedo, revisavam minuciosamente sua ferramenta, que consistia num pedaço de bambu de cerca de um metro de comprimento, em cuja ponta havia um disco, aparentemente metálico, de um diâmetro próximo ao de um CD. De súbito, um dos garotos apontava o bastão para o sol poente, era o sinal para a investida ao promontório.

A sequência e o objetivo dessa operação se desenrolavam agora diante dos nossos olhos. No momento que Áurea e eu chegamos ao topo, os garotos já estavam bem alinhados, bastão apontado para o chão, de costas para nós. Avançavam rapidamente. Seu número era suficiente para cobrir exatamente a largura da praia, mantendo entre eles uma distância equivalente ao dobro do tamanho do bambu. Isso tudo eu já havia observado antes, mas pensara, equivocadamente, que não passava de uma estranha brincadeira de criança. Minha curiosidade tinha parado aí, as eventuais regras do jogo não me interessavam.

Áurea estava alguns passos à minha frente. De quando em quando, ela se virava, o olhar sombrio, como tendo algo a me dizer. Algo de que ela acabasse de se lembrar, mas não sabia como expressar. Essa indecisão parecia irritá-la ainda mais. De repente, estava de novo chateada comigo e eu me perguntava o que ela estaria matutando. Só o que eu queria naquele momento era encerrar aquele longo dia à mesa do seu quiosque preferido, diante de uma cerveja bem gelada e, para ela, um uísque. Nunca a tinha visto beber outra coisa. De modo que acertei o passo com o dela e, só para restabelecer um clima agradável, fiz um comentário sobre a formação disciplinada dos moleques, que estavam então a uns cinquenta metros à nossa frente. Ela se virou de chofre, feições contraídas. Um arrepio me percorreu a espinha. Era uma reação exagerada, eu bem sabia, mas não podia fazer nada. Havia sem dúvida uma explicação para isso, mas devia estar em outro lugar. Um lugar ao qual, no momento, eu não tinha acesso.

– Eles não estão brincando de guerra – disse ela, tentando em vão adotar o tom menos cortante possível. – Na ponta dos bastões tem um ímã, eles passam pente-fino na praia toda à cata de moedas enterradas na areia.

De fato, ao se prestar mais atenção, de vez em quando um deles se detinha para fuçar alguma coisa na areia e em seguida levava a mão ao bolso.

– É mesmo – confirmei, com uma admiração meio infantil.

Tenho dificuldade em suportar um clima de tensão e, quando não há como fugir, tento rompê-lo adotando, às vezes, comportamentos ridículos.

– Você ficou esse tempo todo olhando para eles e não tinha entendido? – ela insistiu.

Disfarcei minha tolice recomeçando a andar, cabeça baixa. Áurea me surpreendia, mais uma vez. Ela tinha me visto andar por ali, e provavelmente onde mais eu tinha andado, enquanto eu, ocupado com minhas costumeiras manobras de despistagem, tão inúteis como ineficazes, sequer percebera sua presença. Estaria me espionando? Até então, eu é que me esforçava para cruzar o caminho dela. Queria saber o que se escondia por trás daquele rosto descorado. O tédio, nada mais do que um vazio a preencher para tornar a solidão suportável, é o que tinha me levado a me aproximar dela. Fútil ou não, não deixava de ser um motivo, em todo o caso, para mim. E o motivo dela, qual seria?

Mesmo que só mais tarde eu viesse a descobrir o infeliz motivo que pusera Áurea no meu caminho, naquele momento a sensação de perigo iminente já me ressecava a boca. No estranho comportamento de Áurea, depois que chegamos à cidade, eu podia ouvir o ruído de seus pensamentos sombrios. Seria um sinal de alarme ou uma simples mudança de humor? Isso eu não tinha como saber, nada provava que nosso encontro no local não fosse obra do acaso, e sim algo previsto de antemão com um intuito que, francamente, evocava um surto de paranoia delirante. Eu não ousava me aventurar demais por essa hipótese, havia a forte probabilidade de eu me perder dentro dela, e minha condição de fugitivo não facilitava as coisas.

Se atentarmos para isso, uma quantidade extraordinária de acontecimentos, inclusive alguns que contribuíram para mudar os rumos da História, se devem a uma mera soma de circunstâncias. O que poderia haver de maquiavélico num encontro de dois clientes disputando um mesmo produto? E o fato de Áurea morar no mesmo hotel que eu, longe de excluir o acaso, reforçava sua incidência, explicando nossa presença no único supermercado da vizinhança. Áurea, em si, era um bom exemplo. Ela não tinha comprometido seu futuro por um amor nascido do acaso? E se Ferro, por um motivo qualquer, não tivesse pego o trator naquele dia? Deixando uma chance ao destino, porém, digamos que naquele dia, naquela hora, estava escrito que o líder dos sem-terra estaria naquele trecho de uma estrada deserta. Bastaria, então, que ele estivesse, em vez de num trator, a pé, a cavalo ou de patinete. Ou seja, sem condições de rebocar o carro até a fazenda. Nessas condições, seu encontro com Áurea teria muito provavelmente se encerrado com uma vaga promessa de ajuda. Antes de ele seguir caminho, caçoando daquela burguesa num carro tinindo que não sabia onde ficava o motor. Não fosse a coincidência da desditosa pane e do trator salvador, que chances teriam tido Ferro e Áurea de um outro encontro que resultasse na mesma sequência de fatos? Nenhuma. Em qualquer outra circunstância, era praticamente impossível que dois mundos tão distintos, separados por um conflito de classe, pudessem se mesclar a ponto de o destino de um se ligar para todo o sempre ao destino do outro.

Eu pensava nessas coisas todas quando Áurea, em vez de seguir na direção do quiosque, virou à esquerda e se dirigiu para a avenida a passos rápidos. O irresistível desejo de uma bebida me levou a reagir mais bruscamente do que tencionava.

– Mas, afinal, aonde é que estamos indo?

Áurea se imobilizou, equilibrada numa perna só, o indicador apontado para mim.

– Então você não sabe que todos os caminhos levam a Roma?

Havia em seus olhos um brilho inquisidor.

"Roma", eu repeti, destacando as duas sílabas como que para marcar um tempo tão longo quanto possível entre a partida e a inevitável chegada "a Roma". O sinal de alarme ecoou dentro de mim.

– Ou a Meca – retruquei secamente.

Um arremedo de sorriso surgiu no canto de seus lábios.

– Pode ser, mas até onde sei, você não é muçulmano.

– Nem romano – revidei. – Eu abro meu próprio caminho, e ele muitas vezes não dá em parte alguma.

– Em parte alguma – ela disse, pensativa. – Eu sei como é isso. Existem atalhos fáceis para se chegar nesse tipo de lugar. Atalhos que dá para percorrer de olhos fechados.

Não saberia dizer se, naquele momento, isso em si bastaria para eu perceber aonde ela queria chegar com tantos subentendidos, aos quais meu instinto de conservação me negava o acesso. Ou se era o cansaço físico que me impedia de pensar e também, quem sabe, um princípio de desidratação que, súbito, me revolveu o estômago, ao mesmo tempo que um suor frio encharcava meu corpo. O fato é que as perguntas que eu pretendia fazer iam todas perdendo o sentido antes mesmo de eu as formular mentalmente. Tenho certeza, porém, e isso ainda me magoa, de que Áurea percebeu meu mal-estar, mas fez questão de me ignorar, obrigando-me assim a segui-la com uma rapidez que estava além das minhas forças.

A brisa se encorpava, enviando breves sopros carregados de maresia. Grandes pássaros pretos voavam em círculo, roçando às vezes a crista espumosa das ondas, para em seguida tornar a subir acima de uma nuvem grossa que se soltava do horizonte e parecia vir direto para cima de nós. Nem as sombras do céu, porém, nem a tempestade iminente desviavam minha mente do estranho comportamento de Áurea.

– Para onde estamos indo? – repeti com firmeza.

Ela estacou e, por um momento, lançou um olhar preocupado para um ponto entre o céu e o mar. Com as costas da mão, enxugou um suor inexistente na testa e, então, recomeçou a avançar rumo à praia. Olhos fixos nos coqueiros, cujo tronco demasiado fino só a custo sustentava a folhagem inclinada sobre a calçada.

– Estou cansada de quiosques para turista. Vamos procurar um lugar do outro lado – ela disse, enquanto enveredava pela avenida que separava do mar uma fileira de casas baixas e coloridas.

Segui em seu encalço, ziguezagueando entre os carros que buzinavam furiosamente. Aquelas esquisitices estavam começando a me dar nos nervos. Cheguei a cogitar seriamente em deixar Áurea para lá, dar meia-volta e ir direto para o quiosque. Como se lesse meus pensamentos, ela se virou para conferir se eu ainda a seguia.

Seu objetivo era uma mercearia, na esquina de uma rua poeirenta, cujo dono, um homenzinho todo rechonchudo, veio ao seu encontro quase correndo. Em meio a uma série de cerimônias, ele abriu uma mesa, trouxe duas cadeiras de plástico e instalou o conjunto bem ao lado da porta. A posição aparentemente não convinha a Áurea, que – para minha surpresa, pois eu custava a imaginá-la tão à vontade em meio ao povinho – puxou a mesa e sua cadeira para a calçada de modo a ter uma boa vista do mar. Todo sorrisos, o homenzinho a observava com familiar benevolência. Uma vez instalada, Áurea ainda mudou várias vezes de posição até conseguir ter uma visão ideal. O dono pegou um caderninho. Eu imediatamente pedi uma "cerveja grande" (trata-se de uma garrafa de vidro grosso, de um litro, a favorita entre os nativos) e esperei para ver se ela tinha espalhado suas garrafas de uísque por toda a cidade. Ela, porém, não parava de me surpreender. O dono entrou na mercearia e retornou em seguida com uma cerveja grande mais dois copos. Colocou um na frente dela, outro na minha frente, e encheu os dois, deixando que se formassem dois dedos de espuma.

– Eu não gosto de uísque – ela falou, com uma espécie de humildade arisca. – Nem do bourbon. De bebida alcoólica, só consigo tomar cerveja.

– Mas então, por quê...

– Lá vem o "por que" de novo... Eu só não entendo que importância tem para você o que eu faço ou deixo de fazer.

Ela tinha gritado, sem querer, e agora mordia os lábios, evitando meu olhar divertido.

Apesar do esforço que fazia para se controlar, não parava de se mexer na cadeira. Eu nunca a tinha visto tão sem graça. Se fosse qualquer outra mulher, e não Áurea, eu poderia jurar que estava prestes a desatar em prantos. Ela estava transtornada, seus nervos à flor da pele a tornavam irreconhecível. Enfim, ainda era a mesma Áurea surrupiadora de mangas, mas seu semblante estava mudado. Não saberia dizer como exatamente, mas ela de súbito parecia mais humana, mais frágil.

Em vez de me alegrar com isso (não era esse o meu propósito desde o começo?), experimentei um inédito sentimento de pena misturado com imensa tristeza. Fui tomado pelo pânico. Estaria me envolvendo demais com aquela mulher, me apaixonando, ela... Não me atrevia a soltar a imaginação além disso. Me dava calafrios.

Ergui o copo e o esvaziei em pequenos goles. Estava para enchê-lo novamente quando seu olhar penetrante deteve meu gesto.

– Você acredita em Deus?

Fitei-a, ela estava séria.

– Em Deus?
– É, em Deus, o Todo-Poderoso!

Um homem sempre acaba, cedo ou tarde, se consolando pelas pessoas que perdeu, mas, nesse caso, o defunto era eu, e essa perda era irreparável. É também verdade que me perdi incontáveis vezes, em circunstâncias mais ou menos piores, mas essa iria me ficar grudada na alma.

Baixei a cabeça.

– Bem, quer dizer, depende do que você quer dizer com isso. No velho barbudo, não. Nem um pouco. Mas numa espécie de...

– Tudo bem – ela me interrompeu, agastada. – Conheço a ladainha: a energia, a fluidez universal, essa história toda. O que me irrita em gente feito você é que vocês estão prontos para cair de joelhos frente a um charlatão qualquer, mas não têm coragem de reconhecer abertamente o que atrapalha a sua visão. Calado – ela ordenou, antes que eu pudesse interromper. – Deixa eu terminar, caramba, antes de eu pensar melhor e...

Acho que não terminou a frase, surpresa ela própria com o tom despropositado de suas palavras. "Antes de eu pensar melhor", era o que ela tinha deixado escapar. "Pensar melhor em quê?", perguntei-me, lutando contra uma onda de ansiedade.

Ela não disse mais nada. De qualquer modo, seu método consistia em mais silêncio do que explicações.

Estava com o cotovelo apoiado na mesa e o queixo pousado sobre o polegar, de modo que o indicador, dobrado, ocultava parcialmente sua boca. Adotava, de repente, uma postura bem distante daquela das horas descontraídas por que acabávamos de passar. Mas "pensar melhor" em quê?

Aquilo me intrigava um bocado. A tal ponto que, em vez de prestar atenção ao que ela resmungava a respeito de não sei que forças divinas, enveredei numa angustiada busca do sentido oculto de suas palavras. De seus não ditos prenhes de maus presságios. E foi uma pena, pois em função dessa pueril distração acabaria perdendo confissões importantes que teriam me esclarecido sobre a natureza profunda de Áurea. Sobre a relação metafísica que ela tecia, a meio-caminho entre o mundo daqui e o mundo das forças dominantes a que ela parecia recorrer ao longo de seu indolente monólogo. Assim, jamais saberei se Áurea era, no fundo, uma boa e simples crente ou se, como naquele momento, só se agarrava ocasionalmente a alguma crença desempoada.

A palavra "justiça", com um "i" comprido feito uma pena perpétua, pôs um fim ao seu solilóquio. Ela ergueu a cabeça. No seu semblante, passou algo parecido com uma ideia. Fosse lá o que fosse, era tudo, menos reconfortante. Seus olhos me fulminavam com uma intensidade que me assustou. Logo em seguida, suas pálpebras caíram e se ergueram novamente para fixar o olhar ao longe, como buscando alguma coisa na superfície espumosa do mar. Sem desviar minha atenção, ela tornou a encher seu copo e falou:

– Você já tomou um porre na companhia de um meganha?

Tentei sorrir, enquanto procurava em suas palavras um sentido outro que não aquele que já começava a me apertar a garganta. Sem disfarçar a impaciência, Áurea repetiu a pergunta.

Diante de tanta firmeza, acenei com uma vaga possibilidade, se isso já acontecera tinha sido sem eu saber. Ela não pareceu satisfeita com minha resposta.

– Quer dizer que você pode ter esvaziado uma garrafa com um meganha sem se dar conta?

Eu não costumava dividir uma mesa com qualquer um; e esvaziar uma garrafa, como ela insinuava, parecia praticamente impossível.

"Impossível", ela repetiu entre dentes. Ergueu então dois dedos na direção do dono do bar, que apareceu em seguida com uma cerveja em cada mão. Tirou as tampas alavancando um pedaço de pau com um prego enfiado numa ponta. Esvaziou nossos copos jogando o resto de cerveja no meio da rua, depois tornou a enchê-los até a borda e se retirou sem uma palavra. Áurea juntou então as duas garrafas na sua frente e inclinou a cabeça até apoiar a testa sobre elas. Permaneceu um bom tempo nessa posição, enquanto eu só a custo conseguia disfarçar meu mal-estar. Sob o olhar impassível do merceeiro, plantado na soleira da porta como um guarda de honra.

Por fim, ela levantou a cabeça e empurrou energicamente as garrafas para mim. Então, como que regressando de outro país, captou meu olhar e, com uma calma que se queria reconfortante, citou Sócrates, mais ou menos nestes termos: "A sabedoria consiste em não pensar que se sabe o que não se sabe".

Existem palavras, conversas ou expressões anódinas que, em determinados momentos, e isso é mais forte do que eu, me impedem de qualquer compreensão racional. Busco então refúgio nas mais fantásticas interpretações, até perder de vista o sentido da frase, mesmo que muito preciso.

Minhas fantasias já são conhecidas. Várias vezes me entreguei, ao longo deste relato, à minha fiel companheira, a imaginação. É o que me ajuda a penetrar nos domínios das ideias irrealizáveis, embora tão úteis como outras quaisquer. Aliás, certamente não sou o único a me deitar na irresistível pastagem que são os sonhos, acredito até ter percorrido capítulos inteiros de autores que, embora aprovados pelo Areópago[1], tampouco resistiram ao apelo dessas verdades demasiado distantes para que a razão consiga, por si só, alcançá-las. A forma alegórica, o mistério que a linguagem encerra, faz que a maioria de nós a entenda mais por dever do que por plena consciência. O preço dessa morna indiferença para com o sentido oculto das palavras é, não raro, a perda de um grande ensinamento ou, nos casos mais extremos, da própria vida.

Mas seria a minha situação, naquele caso específico, extrema a ponto de Áurea se ver obrigada a ressuscitar um autor

---

[1] Tribunal de sábios e letrados da antiga Atenas. (N. A.)

da envergadura de Sócrates? Não havia tempo para devaneios. Colocando o dedo indicador sobre as garrafas, Áurea se pôs a contar: uma, duas... deu um tempo e, mais uma vez, pousou em mim seu olhar duro.

– Quer dizer que seria praticamente impossível para você – ela começou – tomar uma garrafa que seja com um desconhecido. É o que você acaba de dizer. Três garrafas, então, essas duas mais a primeira, você não se incomoda de tomá-las comigo?

Touché. Minha primeira reação foi ficar sem fôlego, eu não encontrava palavras, as palavras certas que poriam fim àquela série de adivinhas. Investi meu último sopro na ironia.

– Já que você mencionou – eu respondi, olhando ao longe –, estou com o traseiro formigando. – Mudei ostensivamente de posição na cadeira.

Áurea fez uma careta. Deu uma espiada por cima do meu ombro, em direção ao mar. Não era a primeira vez, desde que tínhamos sentado no bar, que ela olhava intencionalmente para as ondas rebentando, erguendo colunas de uma espuma irradiada pela lua nascente. O mar parecia preocupá-la bastante, mas só por um instante, e ela logo retomava seu rosário de enigmas.

– Está mais do que na hora de enfrentar as coisas que importam. As que pertencem à razão. Mas não com a perspectiva mesquinha dos interesses pessoais ou em nome daquilo que, por natureza, depende das mutações desejadas por um ou outro. A verdade a gente toma de assalto, de coração aberto, olhos no céu e pés bem plantados na terra. Trata-se de um princípio eterno, não interessa se o coração está doente, se o chão nos sustenta ou não. Veja bem, eu sou uma meganha. Uma meganha da pior espécie, já que não tenho normas para respeitar. Ainda está com sede?

Os olhos dentro dos meus olhos e a mão segurando a garrafa com o gesto de servir cerveja no meu copo já cheio até a borda. Ainda era dia claro.

Ocupado em conter uma vertigem, não recordo que pensamentos fragmentados me pipocaram então na cabeça. Só lembro do esforço que fazia para contê-los. Na mesa, no merceeiro e em tudo que me apareceu diante dos olhos naquele momento infeliz. Como num barco sacudido pelo mar em tempestade, engoli a saliva ácida que me inundava a boca cada vez que as ondas vinham rebentar na minha cabeça. Enquanto Áurea me olhava de soslaio, como querendo me censurar por aquela lamentável fraqueza.

Áurea era Áurea. Embora de um tipo especialmente insuportável, era mais mulher do que eu era homem. Quem poderia afirmar que ela não tinha o seu lado estúpido? A arrogância, a exigência tirânica, não faltavam elementos para lhe querer mal. Mas quem poderia negar sua coragem em se responsabilizar por si mesma, e por mim, no estado em que eu me encontrava? Talvez se comportasse assim por desespero. Porque também ela tinha tocado o fundo do poço. Mas isso não diminuía em nada sua notável resistência.

Às vezes me acontece de revisitar as páginas de um manuscrito com um olhar distraído e certa aversão. Nesse caso, evito cuidadosamente me reler, sob pena de não conseguir continuar. Penso, horrorizado, no dia em que terei de fazer uma releitura geral. Áurea ainda fala comigo, pela pele.

No momento que ela me fez aquela terrível revelação, expelida com a crueldade que a caracterizava sempre que tinha de se violentar para libertar um sentimento profundo, eu não podia imaginar que Áurea percebera em mim um eco do seu próprio sofrimento. Ela agia com o propósito deliberado de subir um degrau de volta, de buscar apoio moral em meio às areias movediças em que, por uma desesperada opção de sobrevivência, fora se afundando mais e mais. Do conflito surgido entre a mulher em fuga, que ela também era, e seus perseguidores, que a obrigavam a agir contra a própria consciência, nascera a Áurea ressequida e autodestrutiva que um dia veio a arrancar uma manga da mão daquele que ela em breve iria sacrificar em troca de um prazo no purgatório.

Mesmo mais tarde, quando os acontecimentos tinham assumido um tom menos dramático, se comparado ao que então parecia ser o fim iminente da minha fuga, era para mim uma enorme violência entender a confissão daquela Áurea com o espírito estraçalhado numa trajetória de guerra. No próprio momento que escrevo estas linhas, preciso rever meus inúmeros erros, sentir de novo a vergonha por minhas próprias fraquezas passadas e presentes, para poder me colocar no lugar daquela mulher que lutava a qualquer preço para ganhar um pedacinho de vida. Lembro dela e não deixo de pensar no dilaceramento interno que a levou a negociar princípios que deveriam ser os fundamentos sobre os quais o ser humano erige seus mais elevados valores. Por mais que eu me concentre, não me vêm as palavras que poderiam esclarecer sua conduta. E isso apesar do magnetismo que sua personalidade, no mínimo extraordinária, ainda exerce sobre mim. Ainda me sinto preso entre a lição de moral universal e a contingência material e temporal que Áurea suportava.

Mas esclarecer os motivos e as consequências de suas escolhas talvez não seja o que se espera de mim aqui. Devo voltar ao momento que as palavras "eu sou uma meganha" ainda repercutiam na minha cabeça.

A ilusão, mesmo breve, de que fosse uma brincadeira de mau gosto foi claramente abolida por seu olhar firme, apoiado por um leve frêmito dos lábios. Tomado de pânico, me vi caído de fato numa armadilha. E que armadilha! Virei-me instintivamente para a direita e para a esquerda, explorando os arredores de onde iria surgir uma horda de policiais brandindo algemas e armas. O sopro grudado entre os dentes, não conseguia sequer articular uma palavra. Não, não se tratava de covardia, mas de uma invencível inércia que ocupava minha imaginação e me tornava um estranho aos meus próprios olhos. Recorri a toda a minha vontade para avaliar rapidamente a situação. Parecia-me que, para conseguir raciocinar, precisava de alguma maneira

pensar em algo que não fosse a iminência do perigo. O que acabou por me bloquear completamente.
    Falar, pelo menos, me mexer, pedir, gritar, porra! Nada, em vez disso eu me quedava imóvel, concentrava toda a energia em aspirar e expulsar o ar em pequenas doses enquanto Áurea olhava fixamente um ponto à sua frente. Onde um moleque, surgido da poeira, se exibia para nós dando perigosos saltos mortais para trás.
    Assaltado pelas mil perguntas que minha boca ressecada já não conseguia articular, visualizei a inelutável sequência de acontecimentos: prisão, avião, uniformes por toda parte, vozes pesadas de ameaças, sarcasmos, humilhações, e assim por diante até, finalmente, o silêncio e a perpétua. Em poucos segundos, eu tinha feito todo o caminho inverso até o ponto de partida. O surpreendente, porém, é que no fundo aquilo não parecia mais ser a pior das coisas. Era só um acidente, o inevitável fim do cão errante que se aventura pela autoestrada da vida. Atropelado. E, de repente, a morte já não tinha nada de apavorante. Já não era a porta blindada para o nada, e sim a porta que, finalmente, se abria para a paz do eterno exilado.
    Essa calma fugaz de espírito não demorou a ser abalada por uma dúvida atroz: e se ainda não fosse a minha hora? E se o instinto de sobrevivência me levasse a saltar daquela cadeira de plástico que me grudava na pele e me jogar maquinalmente em mais uma fuga, mais um agonizante período de solidão?
    Caramba, por que agora, por que chegar à beira do abismo, já ter se resignado a pular e, justo antes de mergulhar, sentir a esperança me batendo outra vez nas costas? Eu já não tinha percorrido de ponta a ponta o árido caminho de minhas penas, já não tinha provado o suficiente de sua amargura? Por que agora, logo depois de ter encontrado outra alma a quem poderia abrir meu coração fossilizado, agora que eu podia enfim rir ou chorar com alguém. Sob o teu olhar gelado, Áurea, redescobri o sincero sentimento da vergonha que ruboriza as faces, e eis que você, Áu-

rea, e eu também, temos de renunciar a essa oportunidade única e retornar a essa realidade sem futuro da qual ninguém nunca retorna. Andamos muito no dia de hoje, dominamos o mar do alto da nossa experiência e subimos ao céu a passos miúdos; juntos também cortamos bambu, eu o vi cair duro, morto, sem glória, enterrado sob as copas gigantescas da mata eterna. Ser bambu e morrer, Áurea, não é o fim do mundo. Só um caule aberto, uma veia que escorre, vaidade que rega a terra e já é o depois. Como será o depois? Por que não me reencarnar num carvalho, Áurea, você me daria essa chance? Você, uma meganha, com seu vestido branco e seus olhos imortais, no fundo não passa de mais um bambu lançado ao meu encalço. Ceifar você, Áurea?

Confesso que, enquanto uma náusea me retorcia as entranhas, a vontade de apagá-la dessa tela me passou pela cabeça.

Entretanto, com feições de mármore, Áurea seguia fitando o mar, ou talvez o nada. Estátua caída num mundo sem passado ou futuro. Escultura deslocada, condenada ao presente infinito. Cômico. Ergui meu copo e acariciei demoradamente sua borda. Antes de levá-lo à boca, comecei a entender.

Já se passara demasiado tempo desde que eu transformara minha sombra em minha única cúmplice. A falta de contato social acabara por desgastar os motivos que antes sustentavam o motor da minha "liberdade" forçada. Em tais condições, já adiantado na via da autodestruição, qualquer um poderia me pegar. Tal como Áurea tinha me arrancado a manga da mão.

O dia findava e, em redor, ainda não aparecera ninguém. Afora o dono da mercearia, cariátide barriguda a sustentar a entrada do templo da cerveja. Áurea e eu, nervos tensos e olhos que continuavam a dizer coisas distintas das palavras, e que nossas bocas não eram capazes de pronunciar.

Cabeça inclinada para o lado, ela parecia esperar que o céu se deitasse sobre o mar e que, daquela união incestuosa, nascesse o monstro de asas negras que iria se abrir sobre aquele mundinho de perseguidores e perseguidos. Quem era o quê?

Rocei seu cotovelo para trazê-la de volta. Ela mal mexeu o braço, como quem espanta uma mosca em frente ao rosto. Semblante treinado para a inexpressividade.

E agora?

– E agora? – repeti, dessa vez deixando explodir o desespero que me trancava a garganta.

Estremeci ao descobrir que o som de minha voz continuava o mesmo. Num lento meneio de cabeça, ela voltou para mim, com um sorriso amargo.

– O que você faria em meu lugar?

Eu não estava no lugar dela. Eu não queria estar no lugar dela. Eu não tinha nenhum lugar. Então, hesitei. Face a face com ela, em meio às sombras profundas, não queria de jeito nenhum que ela pudesse perceber em mim aquela sensação de fracasso iminente.

Áurea apagou seu arremedo de sorriso. Pegou seu copo com as duas mãos e então, apoiando o olhar sobre o mar, tornou a soltá-lo.

– Uma passagem de avião, está lembrado? Está lembrado, é claro, e muito me espantaria você não ter imediatamente se perguntado com que documentos eu desembarquei em Orly, não é? Você também calculou – é o que espero de um foragido da sua espécie – que numa fuga precipitada e inesperada eu só poderia estar viajando com minha verdadeira identidade. Em caso de assassinato, e veja bem, não foi qualquer assassinato, o alerta de busca é lançado em questão de horas. É claro que, com um pouco de sorte, eu ainda podia contar com a negligência de algum país vizinho. Mas desembarcar na França com o meu passaporte, quase três dias depois... Preciso explicar melhor?

Eu me remexia na cadeira. O que vou falar agora não é uma recordação, tampouco uma sensação que ainda me oprime o peito. Mas tenho quase certeza de que nesse momento eu coloquei minhas mãos entre ela e eu. A fim de rechaçar, mesmo que só um pouco, a terrível realidade que até então, e apesar de tudo, eu continuava recusando.

Sabendo que me machucava, ela continuava falando com uma voz que revelava tanta emoção quanto uma metralhadora. – Eles me esperavam no aeroporto. Não precisei me preocupar com o visto que eu não tinha. Eles já haviam pensado em tudo. Antes mesmo de desembarcar, fui algemada e levada para uma saída discreta, onde me esperava uma viatura à paisana da DST*. Foi como eles se identificaram. Passada a má surpresa inicial, e em meio a tudo o que passa pela cabeça de qualquer pessoa numa situação dessas, me espantou a polícia secreta se interessar por uma reles assassina. Então, quando chegamos ao destino, uma sala num prédio qualquer da Rive Gauche com entrada forrada de placas indicando empresas de importação e exportação ou companhias de seguro, eu entendi. O meu tio me aguardava. Não sei se lhe falei sobre esse irmão da minha mãe. Enfim, era meu tio, o coronel da Marinha, esse que nunca tinha perdoado a minha mãe por ela ter pedido o divórcio. Com aquela cara de avestruz que ele tinha, ele conversava com dois caras de ar importante. A sequência foi regada a café-creme e *croissants*. Ainda me lembro daqueles *croissants*. Grudavam um pouco no céu da boca, mas eram deliciosos. Uma reunião com uma pitada de formalidade, mas não foi desagradável. Você sabe como são os franceses, com sua polidez, são capazes de me fazer esquecer as marcas vermelhas das algemas nos meus punhos. Meu tio cara de avestruz não estava lá, como seria de se esperar, para prevenir o pior, me mandando, por exemplo, para uma prisão VIP do meu próprio país. Nada disso. Ele mal me cumprimentou com um aceno de cabeça e retomou sua conversa. Os outros escutavam, pontuando seu discurso com breves precisões que, você pode imaginar, não careciam de certa pitada de humor. Enfim, daquele circo todo dava para deduzir que eu tinha sorte por ser tão bem relacionada. Quanto ao morto, sim,

---

* *Direction de la surveillance du territoire*, antigo serviço de informações ligado ao Ministério do Interior francês. Em 2008, passou a integrar a *Direction Centrale des Renseignements Généraux*. (N. T.)

claro, se tratava de um homicídio voluntário, cuja pena, vejamos... eu já tinha pensado nisso? Por outro lado, o fato é que a vítima, o tal Ferro, não era exatamente o que se pode chamar de cidadão exemplar! "Um fanático subversivo, vamos convir que o mundo estaria muito melhor se indivíduos desse tipo ficassem fora de condições de perturbar. A senhorita não concorda?", os dois homens importantes ficavam me chamando de "senhorita". "Sabe-se lá quantos indivíduos desse tipo andam por aí mundo afora, espalhando a peste. Têm de ser perseguidos sem trégua, localizados, identificados, capturados no ato, qualquer que seja seu país de origem, e colocados à disposição da Justiça." Aqueles senhores, naturalmente, não precisavam mesmo de mim. Tinham um efetivo suficiente para cumprir essa tarefa. Seu tom era às vezes um pouco zombeteiro, mas eles logo voltavam a essa galanteria rígida que, como eu viria a descobrir, é uma particularidade desse povo. Como você deve saber. Em resumo, era apenas uma oportunidade que eles me ofereciam, por amizade e também devido a alguns favores prestados por meu caro e estimado tio. Era pegar ou largar.

Ela pegou.

Só agora, sentado diante deste caderno (meu computador me deixou na mão, seria uma pequena vingança?), posso afinal dizer que só entendi de fato qual o ideal da índole humana quando percebi que o presente é uma verdade incontornável em que podemos nos refugiar em busca de futuras respostas ou nos deixar consumir no ato. Não sei se eu tinha então plena consciência disso, mas aprendi também que ninguém pode ser julgado por seu passado. Não é culpa nossa se a vida nos arrasta para tão longe de nós mesmos, triturando nosso espírito no resfolegar de uma corrida que não necessariamente escolhemos. Uma corrida, aliás, interrompida em meio ao nada, quando só restava se voltar para si mesmo e esperar que um coração ressequido decidisse por sua vez deter sua própria corrida.

No lugar de Áurea, estava agora uma pessoa bem distinta da jovem filha de ricos fazendeiros que devorava a estrada entre o aroma dos campos e o fogo da vida. Essa Áurea de hoje odiava as batidas do próprio coração e, não podendo fazê-lo parar, cuspia sua frustração no mundo inteiro. Cuspia em mim, enquanto eu me espelhava nela através de suas próprias palavras, grudadas uma na outra como cacos de espelho, vidas dispersas e reajuntadas numa teia de cicatrizes.

As cicatrizes de Áurea eram bem mais marcadas do que as minhas. Naquele fim de dia não muito glorioso, seu corpo ácido, rígido do ímpeto de sua confissão, inclinava-se para frente. Eu podia sentir sua respiração entrecortada enquanto ela descarregava em mim um fardo que se tornara insuportável para ela. Ela jamais admitiria, mas era de fato um mea-culpa que ela se permitia fazer comigo, enquanto seu copo esquentava entre seus dedos crispados. Ela tinha pressa de terminar. Suas palavras se abatiam sobre mim, secas, sem me dar tempo de espaçar seus impactos. Não conseguia desviar de nenhuma.

"– É impressionante como vocês são todos tão previsíveis", ela metralhava. "São como cães perdidos numa mesma autoestrada sem saída. Correm sem parar, para um lado e para outro. Um segundo de distração e, vupt, passam debaixo de um pneu. É quase impossível não topar com vocês, parece até que fazem de propósito. Um telefonema, um e-mail, uma confidência a uma camareira que não está nem aí, mas cuja memória se reaviva na hora certa. Alguns chegam a se instalar a poucos metros da embaixada do país em que são procurados. Ou passam o dia de bobeira nas proximidades de um posto policial. Querem sair da sombra. Vocês procuram por mim onde quer que eu vá. Vocês me perseguem, é uma obsessão. Pronto, eles me passam uma ficha e eu entrego o fugitivo para eles. É lógica, porra, vocês não me deixam escolha!

"Também há mulheres nessa mesma autoestrada", sua voz baixou um tom, "mas com elas é diferente. Elas sempre sabem o que estão fazendo, são mais responsáveis do que os homens. Não ficam jogando dinheiro fora para aparecer. É mais difícil pegar uma mulher. A não ser que ela resolva conscientemente que é uma boa hora para aparecer no pedágio. "Odeio vocês todos, homens e mulheres. E os moleques. Sim, há também os moleques. Os procurados espalham moleques por todo lugar, são piores que os coelhos, uma nova cidade, uma transa e mais um filho que, nas suas cabeças ocas, poderia impedir a extradição. Já virou rotina. Na maioria dos casos, esses rebentos nascidos do cinismo irão, cedo ou tarde, engrossar a matilha dos perseguidores.

"Perseguidores", ela repetiu. Essa palavra que, naquela circunstância, ou seja, a um fio de cabelo da roda que iria me esmagar, deveria me deixar sem fôlego, me remetia curiosamente ao computador que dia e noite me espreitava do seu armário de portas desconjuntadas. O vigia da minha má consciência. Essa imagem inoportuna me arrancou um sorriso amargo. O que imobilizou Áurea no final da sua fala.

– Vocês todos me cansam – ela reiterou com sua voz áspera –, são um bando de zero à esquerda. Escritor, isso mesmo. Você escreve romances policiais, está na sua ficha. Quer ver? Estou com ela aqui.

Dizendo isso, bateu com força na sua bolsa. O dono da mercearia não se mexeu. Nem eu. Ela buscava saliva para seus lábios embranquecidos.

– Escritor! Se os seus livros forem que nem você, devem ser de fazer boi dormir. Me pergunto como um cara feito você acabou entrando nessa. Já se olhou no espelho? Eu nem chego a sentir aversão, sinto pena, isso sim. Olhe só essa cara. Esses olhos puxados, inspirados pela musa dos idiotas. O cego. Nesse seu esforço todo de aproximação, dos mais desajeitados, diga-se de passagem, você exalava tal confiança nessa sua visão grotesca do mundo, uma certeza tão estúpida de que cedo ou tarde conquistaria a minha amizade. Sem desconfiar um instante sequer que isso seria a sua ruína. Tanta obstinação, toda ela baseada numa vontade que eu me nego a entender. Sim senhor, não estou nem aí para o seu espírito supostamente profundo, para as suas razões ultrapassadas que, aliás, foram geradas num país em que ninguém morria de fome. Estou me lixando, não é para isso que estou aqui. Será que pode haver algo mais insuportável do que sua atitude leviana? Sua ingenuidade fácil. Uma tara que não lhe deixa ver a humilhação que, sem querer, inflige aos seus perseguidores legítimos. Inflige a mim, em todo caso, que não estou nem aí para seus belos olhos. Será que você pode entender isso? E quem são essas pessoas que se interessam por você? O que tem a oferecer um sujeito que nem tem consciência da sorte que ainda o mantém vivo...

Ela seguia metralhando, esgotando o fôlego. A fúria levara a melhor sobre o seu sangue-frio. Ela bateu na mesa com toda a força que sua mão diminuta permitia.

– Faz um tempinho que estou de olho em você. No começo, achei que fosse esperto, inteligente. O seu jeito de abordar o perigo, como num alegre passeio, me perturbou. Depois é que eu entendi. Você não é nada, é o que mais fere o orgulho de quem se esfalfa para riscá-lo da lista. Isso – mas para quem estou dizendo –, essa sua despreocupação, não vai protegê-lo dos sentimentos rancorosos, das vinganças sórdidas. Muito pelo contrário, essa sua particularidade em relação ao fugitivo padrão só faz atiçar a caçada.

Nisso, sua voz tropeçou. Sua dureza derreteu subitamente, uma expressão grotesca apareceu no seu rosto pálido.

– Eles só precisam de um espaço à sua medida. Eles vão conseguir, não se preocupe.

Nisso, a voz resignada da mãe de minhas filhas ecoou, nítida, em meus ouvidos.

Era um dia como tantos outros de muito tempo atrás. Quando eu julgava ter encerrado minhas errâncias para poder finalmente olhar para as minhas filhas dormindo em suas camas, em que ainda dormiriam por um tempo razoável, entre paredes decoradas com seus próprios sonhos. Era em Paris, numa época em que me considerava quase feliz. Tinha acreditado com todas as minhas forças nessa nova vida, nessa primeira vida nossa. Minha mulher também queria acreditar, mas se deixava surpreender por seus próprios suspiros. Um dia, em que ela estava à beira das lágrimas e eu lhe perguntava por quê, ela fez um gesto de renúncia: "Deixa para lá, disse ela, é assim mesmo, fazer o quê? Você não é deste mundo". Ela tentou sorrir. "Não sei de onde você vem, mas nada te prende de fato aqui. Por isso é que você nunca vai entender que a vida na Terra é feita de compromisso, de matéria para comer, amar, suar e descansar. O seu lugar não é aqui, e não sei dizer se um dia vão conseguir criar para você um lugar à sua medida."

Me deu uma vontade imensa de partilhar essa lembrança com Áurea. No instante seguinte, senti que não ousava encará-la, por medo de enrubescer. Ela deve ter percebido, seu olhar se fez menos cortante. Sua voz também.

– Não sou hipócrita a ponto de dizer que eu só me tornei o que sou por força das circunstâncias. É possível que, depois de ter matado Ferro e, com ele, o sonho de toda uma comunidade que, certa ou errada, acreditava num futuro melhor, eu talvez tivesse buscado minha própria destruição, como a de todo banido, pois ao ver um banido enxergaria minha própria ruína. Ferro era um sonhador, – ela apertou o copo com tanta força que a brancura de suas palmas, através da cor âmbar da cerveja, me fez pensar num desses vidros que há nas prateleiras dos necrotérios – à sua maneira, era um sonhador, como você também é. Enfim, uns fracos. Nem preciso dessas malditas fichas que sempre me mandam para saber dos seus fracassos. Basta o espanto dentro dos seus olhos, sua mão hesitante sobre uma manga madura, a melhor da pilha, para dar um bom golpe de leme em meio à sua tempestade interior. Neste exato momento (ela ergueu um pouco a cabeça para melhor enxergar o mar), eu ainda poderia escolher: um imprevisto, uma outra ficha, e você ficaria esquecido até a próxima distração, quem sabe para todo o sempre. Mas ocorre que eu tenho horror a sonhadores, vocês são iguais a certos parasitas, tão nocivos quanto indispensáveis. Não conte com minhas ilusões de outrora, foram fugazes demais para criar um ponto em comum entre nós. Eu sei que isso corrói você por dentro. Isso é porque você tem necessidade de se identificar com alguém. É vital. Você seria capaz de se agarrar a uma sombra ou ao próprio diabo, que o levaria direto para o inferno. Não se iluda, nós somos diferentes, eu não sou uma vagamunda igual a você e seus semelhantes. Se cruzo os mesmos caminhos, é só para barrar sua passagem.

Eu escutava como que hipnotizado. Qualquer reação física ou mental me estava proibida. Sentia a coluna rebentando sob a tensão dos nervos, e não conseguia fazer qualquer movimento para relaxar as costas. Ela falava, só me restava acompanhar e registrar as baças mudanças de tom, febril ou melancólico, cada vez menos agressivo. A cada pausa que ela se concedia, em geral para observar o mar, eu voltava a mim e sentia então todo o peso de um longo cansaço. Mas minha atenção estava fixada nela. Eu buscava, no ponto de partida daquela avalanche de palavras, uma tênue possibilidade de me afastar a tempo.

Áurea, impenetrável, já não poupava palavras para tentar explicar, ou seria para entender a si mesma? Os argumentos inesgotáveis se tornavam cada vez mais contraditórios, pelo menos foi o que me pareceu no momento. Às vezes ela falava depressa, com convicção, outras vezes se perdia num mar de conjeturas que acabavam lhe dando um ar alheio. Também acontecia de ela repetir algumas frases num murmúrio. Eu então me deixava embalar numa espécie de vacuidade, num vazio logo preenchido pelo ruído de dúzias de insetos que eu nunca havia escutado antes. Nessa hora, eu os ouvi berrar como se me reivindicassem alguma coisa.

Apesar do recuo, quando repenso esses fatos, ainda me pergunto se Áurea queria me incentivar a tirar a gente dali ou me afogar no meu próprio desespero. Por que se humilhava na minha frente? Hoje, já não me resta dúvida. A Áurea gélida que eu há pouco conhecera estava se esfacelando numa chuva de granizo miúdo que não atingia mais ninguém, que derretia instantaneamente na aridez do meu silêncio. Em outro momento, imaginei coisas distintas e contraditórias para explicar seu estranho comportamento. Por um lado, era possível que, não tendo ainda decidido o que faria comigo, Áurea estivesse se exibindo, numa performance de atriz, a fim de pesar os prós e contras da decisão a ser tomada. Cujas consequências, evidentemente, iriam transtornar tanto sua vida como a minha. Por outro, também era possível que ela própria não tivesse considerado bem a variável emoção, fator sempre incontrolável, mas passível de previsão. Por essa segunda possibilidade, não é um exagero afirmar que Áurea caíra em sua própria armadilha e agora vogava em tal confusão que seus primeiros discursos já não conseguiam alcançá-la. Mas, pensando nisso hoje, e dada a habilidade de que dera mostras incontestáveis, não é de se excluir ela ter previsto toda a dificuldade daquele último encontro, bastante desconfortável para ambos, e ter condicionado sua decisão final ao desenrolar dos acontecimentos. Sem que seu maquiavelismo lhe deixasse esquecer a qualidade de nossas respectivas capacidades de reação diante do abismo que necessariamente se abriria sob os nossos pés no final do passeio. Essa hipótese era confirmada pelos momentos de manifesta sinceridade em que Áurea só a custo conseguia recorrer ao seu costumeiro desprezo para evitar as lágrimas.

 Quaisquer que fossem suas reais intenções, o resultado estava ali. Ela conseguira abalar meu inconsciente, suspendendo minha capacidade de raciocínio pelas prolongadas inflexões de sua voz. Maquiavélico demais? Talvez. Seja como for, Áurea não me vencera por sua inteligência superior, por sua extraordinária esperteza, ela apenas rompera minhas defesas com sua estupenda palidez, suas mãos estriadas de veias azuis capazes de quebrar se se arriscassem a torcer um só fio de cabelo meu. Mas com as quais ela tecera à minha volta uma teia invisível que me paralisava o corpo, me esgotava os recursos mentais. Em suma, ela me pegou, pensei então. Atualmente, eu já não colocaria nos mesmos termos. Sem nada tirar da natureza do objetivo final, tenho antes a impressão de que tanto eu como ela, dois estilhaços de espíritos perdidos no espaço sideral, buscávamos uma oportunidade que, ao nos grudar contra a parede, não nos deixaria nenhuma chance de evitar uma terapia de colisão.

É claro que eu não tinha consciência disso enquanto Áurea se estilhaçava por cima do turvo balanço do mar. Levada pelo vento, a nuvem negra mal cruzara nossa porção de céu, deixando apenas o cheiro da chuva. As ondas tinham retomado seu ritmo regular, das casas vizinhas nos vinham os sons de um corriqueiro fim de tarde. Um pouco decepcionada pelo o mundo em redor seguir seu curso, Áurea se calou no meio de uma frase. E retomou em seguida, por um rumo bem adverso.

– Sabe, à tardinha, mais ou menos a essa hora, havia um boteco como este no vilarejo próximo. Na minha terra, na Papoula. As janelas eram diferentes, mas as cores da fachada eram tão coloridas como esta. Era ali que eu, Sandra e Rolo íamos tomar uma cerveja. Era gostoso, a gente conversava sobre os acontecimentos do dia, sempre havia muita coisa engraçada para comentar. A gente dava muita risada, parecíamos crianças na hora do recreio. No começo, Ferro também vinha com a gente, mas depois... Depois ele não tinha mais tempo. Mal passava por ali de carro, dava uma buzinada, sem parar, e tchau. Eu olhava enquanto ele sumia numa nuvem de poeira. Levando na corrida a nossa alegria. Por que ele não parava mais? Se você sabe, me diga agora, está entendendo, agora, em duas palavras. Me explique isso, puta merda.

Vê-la derrapar assim sobre as palavras me deixava mais animado.

– E você – ouvi minha voz retrucar –, saberia me dizer por que os cães perdidos não saem da autoestrada?

Ela não esperava por essa. Quedou-se calada enquanto a expressão de seu rosto passava do maravilhamento ao furor. Ela descerrou os lábios, mas nenhum som saiu de sua boca. Já não conseguindo falar, deixou simplesmente que as lágrimas escorressem pelo seu rosto, sem se preocupar em conter os soluços. O homem que ela havia matado ainda rondava em sua memória. Suas lágrimas agora caíam sobre uma terra distante, cujo cheiro forte ela ainda guardava o cheiro exalado por Ferro quando a tomava em seus longos braços.

Virei covardemente a cabeça. Quando ela recobrou o sangue-frio, não achei nada melhor para dizer:

– Você acha que seus colegas vão me deixar pegar meu computador? Não tem nada nele, mas não me animo a abandoná-lo dentro do armário.

Imediatamente, corei de vergonha. Que babaquice.

Ela não respondeu, me fitou com um olhar espantado, então apoiou os cotovelos na mesa e se levantou de chofre. Com um ar grave e conciliador, qual padre que acaba de admoestar suas ovelhas, ficou ali parada na minha frente, os olhos crivados no mar. Levantei-me, por minha vez, não suportando a sensação de seu vulto erguido feito uma onda prestes a se abater sobre mim.

Ela não precisava assobiar por reforços, eu estava pronto a me deixar levar pela mão por aquele atalho escuro reservado aos enterrados vivos. Umas perguntas ainda atravessavam, velozes, minha mente inerte. Apenas perguntas, nada que não pudesse se dissolver antes mesmo de obter uma resposta.

Absolutamente segura de ter concluído com sucesso sua missão, Áurea virou-me as costas e, a passos céleres, rumou para a praia. Enquanto eu, a fim de vencer o cansaço que dali a pouco me infligiria a humilhação de me fazer esperar, criei coragem me refugiando na ideia de que, qualquer que fosse meu destino próximo, estaria finalmente aliviado do martírio daquela liberdade roubada. Feita de incessantes deslocamentos, de encontros efêmeros que jamais resultariam em amizade verdadeira. Estava farto de tropeçar num passado que há tanto tempo eu só a custo reconhecia como sendo o meu. Se o andar daquela mulher me levasse direto para um lugar em que eu pudesse enfim fechar aquele penoso parêntese de minha vida, tudo bem, eu a seguiria até o fim e, depois, quem sabe, teria o meu pedaço de chão, com meu verdadeiro nome colado na porta.

Estiquei o passo para não me deixar distanciar. Uma vez na praia, porém, a areia cedeu sob meus pés e só por pouco não caí com a cara no chão. Ao meu segundo tropeço, Áurea estacou. Estava furiosa.

Registro tudo isso simplesmente para reviver em detalhes aqueles momentos que foram os últimos de uma etapa de minha vida e que, sem dúvida, me abriram os olhos para outros horizontes. Sei perfeitamente que as omissões dizem muito mais aos leitores que essas tantas explicações confusas e pesadas. É bom fechar os olhos sobre um livro aberto e evocar todos os seus não ditos. Redescobrimos então o cheiro da terra e das relvas, do mar e das montanhas a cada passo de nosso herói. Uma réplica interrompida nos evoca uma sequência lógica e profunda que nenhuma boa escrita saberia oferecer. A arte de não dizer, caros amigos, aí está o livro que ainda não escrevi.

Por enquanto, contento-me em ser o mais fiel possível à imagem que eu criara de Áurea, e de nós dois, e isso dentro dos limites de minha capacidade de expressão. Não há dúvida de que, naquela hora, mãos cruzadas às costas e queixo erguido, Áurea estava tão furiosa quanto um chefe de pelotão irritado com a inaceitável inépcia de seus homens.

É verdade que, em vez de enclausurar esse estado de Áurea numa só palavra, "furiosa", eu poderia deixá-lo em liberdade ao sabor da imaginação dos leitores. Isso se me fosse permitido reproduzir em toda a sua força os insultos que dificilmente colocaria na boca de uma dama de vestido branco esvoaçando à brisa do mar.

Ela estava parada, pernas afastadas e o queixo ainda apontando para o céu. Esperando uma reação de minha parte. Mas eu não tinha mais nada a dizer ou fazer senão fitar os holofotes azuis e vermelhos de uma lancha ancorada a uma milha mar adentro.

Áurea se virou a contragosto. Adiantou-se alguns passos para distinguir melhor a mancha escura que se desprendera da lancha e vinha agora disparada para cima de nós. Era uma embarcação ligeira a motor, bem possante, a julgar pela rapidez com que se aproximava. A uns cem metros da praia, o bote reduziu a marcha. Avistavam-se a bordo os vultos negros de três pessoas, talvez quatro. Eu não estava em condições ideais para atentar aos detalhes, mas o troço preto cruzado no peito do primeiro vulto, em pé, na popa, tinha todo o jeito de ser uma arma.

Ao vê-los, Áurea avançou em sua direção. Antes de chegar à água, ela estacou. Durante um longo momento, contemplou a embarcação. E então, bem devagar, ela se virou.

Surpresa de dar comigo quase colado às suas costas, ela recuou um passo e baixou os olhos. Num movimento indeciso, suas mãos se estenderam para mim, tocaram os meus ombros, subiram de mansinho pelas minhas faces, se retiraram de repente.

– Adeus – murmurou.

A essa palavra, misturada ao ruído do motor, foi como se todas as preocupações do mundo, e de mim mesmo caído de paraquedas neste mundo, desabassem de uma vez em cima de mim.

Até então, todas as consequências daquele fim de tarde tinham sido postas em espera pela veemência de Áurea, de modo que tudo o que eu ainda iria suportar por sua causa não passava de palavras suspensas em seus lábios que eu poderia colher uma a uma quando chegasse a hora, rejeitando as que não me convinham. Como se a própria Áurea pudesse me acompanhar passo a passo até o fim do meu retorno ao inferno, onde bastaria um último soprozinho nas costas para eu cair lá dentro, mais nada.

Diante daquela decisão imprevisível, meus pulmões se esvaziaram de repente. A realidade dos fatos me envolvia bruscamente. Seus impactos lancinantes convergiam para um único ponto, me golpeando com violência o estômago, me deixando de boca aberta. Um peixe tirado da água.

"Adeus." Fui tomado de vertigem: e você, e eu, e esses homens de preto... Será que eu gaguejei, ou apenas pensei? Já não sei qual dos meus pensamentos minha boca ainda conseguia articular. Nada, talvez. Talvez o mar. Sim, o mar dera um jeito de dizer.

Áurea tirou um sapato, depois o outro. Um sapato em cada mão, que ela ergueu à altura do meu rosto. Ia me bater, uma face para cada sapato. Tudo bem, eu queria isso. Me bata, você é a única que pode fazer isso. E bata forte, para que as marcas indeléveis me acompanhem onde quer que queiram me pegar.

Os faróis de um carro manobrando na avenida iluminaram seu rosto por um instante. Ela sorria. Um sorriso tranquilo, de uma doçura, vindo dela, insuspeita. Pegou os sapatos na mão esquerda – ainda vejo a cena – em câmara lenta.

– Aqueles caras ali? Não se preocupe, são meus próprios mergulhadores. Eu me enganei, só isso. O homem que nos interessa não se chama Augusto.

Eu ia falar alguma coisa, mas ela prosseguiu, num tom que não admitia discussão:

– Lá, o meu país, as ilhas, o mar, as matas infindas. Lembra das fazendas e do padre Mário? Não é tão ruim assim, minha terra, e lá existem muitos cães perdidos. Cães de olhos verdes, iguais aos seus, e ninguém os atropela de propósito.

Ela já estava com água pelo joelho quando eu gritei, lá de trás:

– O homem da sua lista, como era o nome dele?

– Não interessa – ela gritou de volta. – Ele era o rei de um reino extinto. Ao passo que você...

O resto foi levado pelo mar. O vestido flutuava na água, formando uma roda branca em volta da sua cintura. Flor lançada ao mar.

Na hora, não vi nem um átimo de sentido no que ela acabava de me dizer. Pior, no que ela ainda e sempre podia fazer comigo.

Enquanto o barco se fazia ao largo, voltei morosamente para a avenida. À direita, bem próxima, piscava a placa vermelha empoleirada no alto do meu hotel-residência. Não tinha coragem de voltar para casa. Para casa...? Aquilo ecoou na minha cabeça como bofetada. A bofetada que Áurea não se dignara me dar. Peguei a rua em frente, a do bar. A nossa mesa ainda estava ali, três garrafas e dois copos ainda cheios. Aproximei-me, peguei um copo e reguei minha vergonha com a espuma morna. Quando ia deixar o dinheiro na mesa – será que tínhamos pago a conta? – o dono acorreu. Com gestos apavorados, me obrigou a pegar meu dinheiro de volta e sair dali. Enfiei-me, sem rumo, numa teia de vielas de chão batido, cobertas de casinhas de cores incendiadas pelo último clarão do dia. De quando em quando me chegavam latidos distantes. Isso me lembrava outras épocas, outras errâncias. Passo a passo, na trilha da memória, voltava àquela vida em que eu era conflito. Uma vida que não era minha, que tinham costurado na minha pele e que eu acabara aceitando. Para que uns e outros pudessem servir-se à vontade.

No pátio de uma casinhola de persianas verdes, separada das outras por altas moitas de mato, uma velha gesticulava, aos gritos, no intuito de juntar seus patos dentro de uma gaiola. Ela era baixinha e magrinha. Apesar da idade avançada, ia rapidamente de um lado para outro do pátio, abanando acima da cabeça um grande lenço vermelho. Que triste e significativa parecia aquela imagem! Detive-me para contemplar a cena.

Onde eu nasci não existiam coqueiros nem o cheiro forte de especiarias que aqui dava a impressão de brotar das próprias entranhas daquela terra vermelha. Mas a hora de chamar as galinhas é a mesma em todo lugar. A gesticulação da velha lembrava a minha mãe. Suas broncas quando me chamava para ajudar e eu deixava escapulir um frango por entre as pernas.

Áurea também guardava imagens semelhantes. Enquanto ela contava, pensativa, eu podia adivinhar a beleza das paisagens que ela trazia no fundo da memória. Ela evocava o seu tempo, decantava os magníficos contornos de seu mundo na fazenda. Qual delas, a fazenda de sua infância, do alto do trator de Fofo, ou a outra?

Morte de um homem. Essa coisa que me persegue há trinta anos já, e cujo terrível e misterioso efeito eu nunca experimentei. A única pessoa morta que vi na vida foi meu avô, quando me autorizaram, menino ainda pequeno, a me acercar por meio minuto para um último adeus. Estava deitado na cama com sua roupa de domingo. Em redor de seu enorme bigode, embranquecido por seus noventa e quatro anos, as mulheres vertiam lágrimas e os homens enxugavam os olhos com seus lenços brancos, tomando o maior cuidado para não desmanchar a dobra e em seguida reacomodá-los no bolso. Meio minuto, ao fim do qual saí do quarto quase correndo. Fedia, lá dentro. O mesmo cheiro sufocante que eu tornaria a sentir, muito tempo depois, em cada cela dos meus anos de prisão.

A velha da frente estava custando a pôr os patos para dentro. Eles batiam asas, correndo ao seu redor. A cada volta, um deles saía da roda e corria para dentro da gaiola. No fundo, era apenas um jogo. Um ritual que milhões de mães cumpriam toda noite com alguma impaciência. Assim era e sempre será, porque o tempo nunca para um só instante. O dia sempre segue a noite e, dia seguinte, todos os patos do mundo sairão de suas gaiolas, com as asas abertas aos novos raios do sol.

Faço parte dessa tela de cores imperecíveis. No entanto, até agora só tivera para isso tudo um olhar fugidio. O menino que eu fui não olhava a paisagem como eu faço agora. Na minha infância demasiado breve, eu vivia dentro da paisagem, não me perguntava sobre a beleza das coisas simples que naturalmente me cercavam. Por isso é que eu não tinha entendido o bambu. A gente jamais vai entender tudo. Mas há momentos assim, em que nos parecem vãs suas sinuosas oscilações, mas acreditamos com força nessa coisa quente que nos invade corpo e alma. Nesses momentos, se quisermos, estamos prontos para tornar a partir.

A velha bateu a porta do galinheiro. A noite se fechou sobre ela. Só me restava retomar meu caminho, como Áurea também retomara o seu. Lembrei das marcas de suas pegadas na areia. Pequenas pegadas para uma grande mulher.

Impressão e acabamento:

CORPRINT
GRÁFICA E EDITORA LTDA.